AF140521

2002: Konrad Friedrichson, vierzig, mittellos, entdeckt auf einem Spaziergang den verwilderten Fußballplatz seiner Kindheit und begibt sich auf die Suche nach einem Freund aus Jugendtagen. Die Spur führt ihn auf abenteuerlichen Wegen zu einer geheimen Organisation. Er wird in deren Machenschaften verwickelt...

Andreas Eichelberger, geboren 1962 in Karl-Marx.Stadt, verheiratet, ein Sohn
05/2008 „Nichts von alledem"
10/2008 „Dämmerung"

Andreas Eichelberger

Feldzug

mit

Burgunder

Bibliographische Information der Deutschen Nationalbibliothek
Die Deutsche Nationalbibliothek verzeichnet diese Publikation in
der Deutschen Nationalbibliographie, detaillierte bibliographische
Daten sind im Internet über
http://dnb.d-nb.de abrufbar.

Herstellung und Verlag: BoD - Books on Demand, Norderstedt
© 2015 Andreas Eichelberger
ISBN 9 783739 201658

Mir fielen zuerst die merkwürdigen hohen Binsen auf...

Doch ich muss von vorn beginnen. Ich begab mich auf einen Weg, den ich noch nie gegangen bin.

Vor einer Woche hatte mir mein Arbeitgeber gekündigt. Die Obrigkeit begründete das mit wirtschaftlichen Engpässen. Tatsächlich stieß den Herren meine fehlende Bereitschaft zu Kraft raubenden Sonderschichten auf. Ich war nur ein bescheuerter Einsteller an Maschinen, mehr nicht; man würde einen neuen finden. Ich hatte mich quergelegt. Das konnte man nicht zulassen. Man musste klarstellen, wer am längeren Hebel sitzt.

Ich hatte mit einem Schlag eine Unmenge Zeit, die auszufüllen mir leicht fiel, konnte tun, wozu ich sonst nie gekommen wäre. Das betraf nicht nur die Ordnung in meinem Junggesellenhaushalt.

Ich will mich nicht mehr binden, jedenfalls momentan nicht. Als Saskia sechsunddreißig wurde, verschwand sie aus meinem Leben. Wir hatten uns einige Jahre gekannt, aßen und schliefen zusammen, bis es vorbei war. Meine sonderbare Art, das drahtige Gehabe, die ruhigen Augen und das blonde wirre Haar hatten sie zum Zeitpunkt unseres Kennenlernens fasziniert. Mit mir und einer zurückliegenden Scheidung wollte sie es ruhiger angehen lassen. Doch es blieb zu still und leidenschaftslos in unserer Beziehung. Jeder kochte sein Süppchen, bis sie sagte, das wird nichts mehr. Das alles war erst vor einigen Monaten und ich vergaß langsam ihr dunkles Haar und den forschenden Blick.

Nein, das Ende meines bezahlten Tagewerks wirkte sich auch auf mein Hobby aus, das Schreiben von Kurzgeschichten. In dem Dreischichtrhythmus war es mir kaum möglich gewesen, irgendetwas zu Papier zu bringen. Doch jetzt hatte sich alles gewandelt. Ich schlief mitunter lange; tagsüber räumte ich auf, machte sparsame Einkäufe, und abends setzte ich mich endlich an meine unausgegorenen halbfertigen Stories, um sie in Ruhe zu überarbeiten und zu vollenden. Und der beginnende Frühling gab mir Optimismus. In gewissen Abständen besuchte ich meine Mutter, die zwar Rente bezog, mir aber in dieser Situation nicht helfen konnte. Mein Vater war vor drei Jahren verstorben.

Ab jetzt würde ich Arbeitslosengeld beziehen. Nun, für ein paar Bier, die Miete und die Versicherungen reicht das. Ich lebe sowieso spartanisch und schreibe. Mit vierzig einen Traum von einer Veröffentlichung zu haben, kommt mir nicht prätentiös vor. Einen Job konnte ich mir immer noch suchen.

So fiel mir eines Abends meine ehemalige Literaturlehrerin ein, beim Nachdenken am Monitor. Vielleicht kannte sie einen Verleger, eine Szenekneipe, Bohemiens mit heißem Draht.

Gut rasiert begab ich mich am nächsten Tag auf diesen Weg, den ich tatsächlich noch nie gegangen bin. Die Adresse von Frau Boysen war mir noch im Gedächtnis haften geblieben. Dazu musste ich eine Gegend mit vielen stillen Einbahnstraßen und etlichen Villen hinter hohen Zäunen durchqueren. Doch weiter hinten wusste ich die Anfang der Sechziger erbauten Blöcke.

Wie oft ich beim Schreiben an die Lehrerin gedacht habe, kann ich nicht mehr sagen. Meine verschrobenen Schulaufsätze in der achten und neunten Klasse hatte sie mit süffisantem Lächeln beurteilt. Offensichtlich nahm sie mir das Zeug nicht ab, dachte wohl, ich hätte den Text aus irgendeinem Buch abgekupfert. Das war keineswegs der Fall. Im Gegenteil, sie hätte diese Neigung von mir fördern müssen, die Neigung, selbst etwas zu verfassen.

6

Ständig erwischte sie mich beim Lesen einer Schwarte mitten im Unterricht. Sie musste doch ahnen, dass es mein Faible war. Wie auch immer, ich würde es ihr beweisen. Einige ausgedruckte Exemplare der Kurzgeschichten hatte ich dabei.

In der achten Klasse... Wann war das? Sechsundsiebzig. Ich erinnerte mich noch an die Sitzordnung. In der ersten Reihe rechts saß der lässige Belarski und hatte seine langen Beine unter der Schulbank durchgeschoben. Die Lehrer stolperten ab und an über seine Quanten und maßregelten ihn...

In meine Überlegungen vertieft, achtete ich nicht auf ein halb geöffnetes schmiedeeisernes Tor. Beinahe wäre ich dagegen gestoßen. Es war der Zugang zu einer Villa, die umgeben von einem Garten rechter Hand thronte. Dabei fielen mir diese hohen Binsen auf. Langsam ließ ich meine Augen über das Gebäude wandern. Am Straßenrand parkten keine Wagen. Hinter den Fenstern konnte man Gardinen erkennen. Interessiert öffnete ich das Tor und erklomm einige Stufen, die mich zu dem mannshohen Schilf führten. Sie umrahmten einen kleinen Weiher, eine stehende Wasserfläche, vielleicht zehn Quadratmeter. Vom Grund, den ich nicht sehen konnte, stiegen unablässig Blasen auf. Links in fünfzig Metern Entfernung stand ein verwitterter hölzerner Schuppen, der oben mit einer Art Ochsenauge versehen war.

Wilde Hecken schützten den unteren Teil der Villa vor neugierigen Blicken. Durch eine Lücke in ihnen, die zum Bogengang geformt war, trat ich vor das Haus. Hier befand sich eine malerische Sitzecke; Bänke mit verschnörkelten Eisenbeschlägen gruppierten sich um einen runden Marmortisch. Wem mochte dieses Anwesen gehören? Auf der Rückseite musste der Eingang mit dem Namensschild sein. Ich nahm mir vor, später noch einmal danach zu sehen.

Ich lief an dem hölzernen Schuppen vorüber. Doch plötzlich musste ich wiederum verharren. Hinter dem Holzbau erstreckte sich ein verfallener Fußballplatz. Das Spielfeld war übersät von im Laufe der Jahre hochgeschossenem Gesträuch; doch die zwei gegenüberliegenden Tore hatten der Zeit getrotzt.

Lange stand ich vor dieser ehemaligen Kampfarena, bis es mir auffiel. Ich war früher selbst hier gewesen. Doch, das war die Stelle. Mit vierzehn hatte ich mir mit meinem Kumpel Rainer gnadenlose Duelle geliefert, bis uns die Uhr zum Mittagessen mahnte. Wir hüteten abwechselnd das Tor. Hier stellten wir die Schüsse und Dribbelkünste von Beckenbauer und Grabowski nach. Und wenn der Ball im Dreiangel einschlug, hörten wir den tosenden Applaus zehntausender Fans.

Vermutlich hatten wir uns damals von der anderen Seite genähert, von der Gegend, in der meine Großmutter wohnte. Ich weilte in den Ferien bei ihr, kaufte für sie ein und bolzte mit Rainer. Er war ein Jahr älter als ich, doch das tat dem Vergnügen keinen Abbruch.

Nach ihm zu forschen, eine alte Freundschaft aufleben lassen, würde sich möglicherweise lohnen. Doch erst musste ich die Boysen mit meinem Besuch beehren; das andere würde ich verschieben.

Mit einemmal wurde mir bewusst, dass ich zu diesen Ideen nie gekommen wäre, wenn ich mich noch in meiner Arbeitswelt befunden hätte. Mein Leben hatte sich bis jetzt in eingefahrenen Geleisen bewegt.

Ich wandte mich zum Gehen, als ich rechts von dem Fahrweg,

auf dem ich mich befand, eine Reihe von Garagen sah. Eins der Tore war geöffnet. Vor ihm stand ein Mann und blickte starr zu mir herüber. Es schien mir, dass er unmerklich den Kopf schüttelte. Ich näherte mich ihm. Er trug eine Lederjacke, hatte graues schütteres Haar, stechende Augen und mochte Mitte Sechzig sein. Statt eines Grußes bemerkte er: „Was schnüffeln Sie hier herum?"

„Stellen Sie sich das vor", sagte ich, „früher, als Junge, hab ich dort Fußball gespielt." Ich wies mit der Hand auf den Platz.

„Nein, ich meine, da hinten." Er deutete auf die Villa.

„Sehr pittoresk", sagte ich, „sieht interessant aus."

„Jaa, die Fassade", meinte er gedehnt. „Das Drumherum. So ist es immer. Was wissen Sie schon, was hinter Mauern passiert?"

„Ich weiß das nicht", gab ich zu. „Das geht mich in der Tat nichts an. Werden Sie mir's erzählen?"

„Warum sollte ich das tun?" Der Mann drehte sich weg. „Da treffen sich Leute. Das hab ich schon des Öfteren festgestellt. Bis spät in die Nacht brennt Licht. Auch samstags. Das ist keine Firma…"

„Das sind ja dann doch viele Einzelheiten", unterbrach ich ihn.

„Ich würde mich an Ihrer Stelle fernhalten. Die beobachten mich. Meine Garage werde ich verkaufen." Mit diesen Worten stapfte er davon.

Wieder wanderte mein Blick über das Anwesen. Es kam mir durch die Äußerungen des Garagenbesitzers ein wenig düsterer vor. Ob man mein Erscheinen bemerkt hatte? Doch nichts regte sich dort, kein Fenster wurde aufgerissen, keine Gardine bewegt.

Um fünfzehn Uhr klingelte ich bei Boysens. „Guten Tag, Frau Boysen", sagte ich, nachdem sie mir geöffnet hatte. „Konrad Friedrichson", stellte ich mich nach den vielen Jahren vor. „Ich war einer Ihrer Schüler. Sie gaben Deutsch, damals, in den Siebzigern."

Sie musterte mich nachdenklich. Frau Boysen, klein von Statur, hatte immer noch ihr blondes kurzes Haar und aufmerksame Augen, in denen sich doch tatsächlich die alte Spur dieser gewissen Süffisanz erkennen ließ, mit der sie uns in der Klasse nervös gemacht hatte.

„Konrad, ja, ich erinnere mich", sagte sie und nickte.

„Nur, wenn Sie eine Viertelstunde Zeit haben", sagte ich. „Zugegeben platze ich etwas überraschend in Ihr Privatleben."

„Aber nein, ganz und gar nicht. Kommen Sie, oder kann ich weiterhin Konrad sagen…"

„Natürlich."

Sie bat mich ins Wohnzimmer, brühte Kaffee. Ich konnte sie von der Couch aus sehen, wie sie in der Küche werkelte.

Frau Boysen schätzte ich Anfang Fünfzig ein. Als Schüler waren wir stets dem Eindruck erlegen, dass die Lehrer viel bejahrter seien, als sie tatsächlich waren. Doch damals, frisch von der Hochschule an unsere Penne versetzt, konnten wir schwerlich ihr Alter beurteilen. Der Unterschied macht sich später nicht mehr so bemerkbar. Ich hätte gut und gern eine Affäre mit ihr haben können, jetzt, nach dieser langen Zeit, ohne dass es jemandem groß aufgefallen wäre. Ehrlich gesagt, hatte sie mich schon in meiner Jugend fasziniert, obwohl wir oft aneinander geraten waren. Sie wirkte damals hochmotiviert, gewandt, das Wissen in Literatur platzte ihr aus allen Nähten.

Als schien sie meine Gedanken erraten zu haben, rief sie aus der Küche: „Ist gleich so weit. Mein Mann kommt erst um sechs aus der Uni. Wir werden ein wenig Zeit haben, uns zu unterhalten."

Frau Boysen erschien mit dem Kaffee. Sie lächelte wie früher, nahm Platz, verteilte die Tassen und schenkte ein. Dann sah sie mich lange an. „Konrad Friedrichson", sagte sie, „ja, ich erinnere mich. Dass du mich besuchst... Es ist erstaunlich. Wusstest du, dass man in längst verschollenen Zeiten den Sohn nach dem Vater benannte? Sohn des Friedrich. Friedrichson, leicht abgewandelt."

„Ja, davon habe ich gelesen, Frau Boysen." Ich lehnte mich zurück. „Ich bin quasi auch der Namensvetter eines vielleicht nicht gänzlich vergessenen Mannes. Ekkehard Friedrichson. Meister Nadelöhr."

„In der Tat", sagte Frau Boysen.

„Wissen Sie, ich finde das traurig; er hat so viele Kinder mit seinem Märchenlandzeug – nun ja – beglückt, will ich mal sagen, aber er starb mit nur sechsundvierzig Jahren. Ich glaube, an einem Herzinfarkt. Kann man das begreifen? Ist das der Lohn?"

„Es ist eben so, Konrad. Ein Leben ist manchmal von kurzer Dauer. - Warum bist du nun hier?"

Ich trank vom Kaffee. „Ja, es ist so: Man wendet sich schließlich an seine Literaturlehrerin. Ich habe ja schon immer gern gelesen und geschrieben. Jetzt will ich mal Nägel mit Köpfen machen und habe Kurzgeschichten fabriziert. Ich möchte, dass Sie sie beurteilen. Womöglich könnte man sie verlegen." Ich zog die Mappe aus der mitgebrachten Tasche.

„Na, dann lass mal sehen", sagte sie. „Zugegeben warst du ja doch einer meiner Lieblingsschüler, weil du tatsächlich gelesen hast. Im Grunde habe ich keinem von euch so etwas zugetraut: die Nase in Bücher zu stecken und dabei ernsthaftes Interesse zu entwickeln."

„Wobei Sie uns das doch nahe bringen sollten", sagte ich.

„Ich glaubte nicht daran", widersprach sie mir.

„Ich denke, das nennt man wohl dann Voreingenommenheit."

„Her jetzt mit den Sachen", forderte Frau Boysen, und ich reichte die Mappe hinüber. Sie blätterte in den Seiten, ging dann zurück zum Inhaltsverzeichnis. „Ist allerhand."

„Sie können das behalten, Frau Boysen. Es hat Zeit."

„Na, Moment. Ist was Kurzes dabei?"

„Ja, die drei ersten."

„Der Konsum."

„Ja, zum Beispiel."

„Ich bin direkt neugierig geworden", sagte Frau Boysen und schlug die Seite auf. Sie angelte sich ihre Lesebrille. Ich stellte mir vor, wie sie kritisch Zeile für Zeile scannte. –

Der Konsumladen meiner Kindheit ist der Dreh- und Angelpunkt der Story. Ich schildere seinen Werdegang aus der Sicht meiner verschiedenen Altersstufen. Er verändert sich, ich verändere mich. Der Gang zu ihm ist ein wichtiger Faktor. Jedesmal betrachte ich diesen Laden mit anderen Augen. Auch der Weg zu ihm wandelt sich; die ganze Umgebung zeigt nach und nach den Charakter einer gewissen Erneuerung und Entfremdung, einem langsamen Sterben. Der Laden schließt am Ende seine Pforten für immer. Nur an die Gaslaternen legt man keine Hand. Sie bilden die größte Bedeutung für mich. Sie bleiben als schummrig glimmendes Relikt der Vergangenheit.

Ich lese letztlich das Buch ‚Tom Sawyer', um meine Kindheit

zurückzuholen, und nehme mir vor, etwas zu tun. -

Nach der Lektüre nahm Frau Boysen ihre Brille ab. „Hast du etwas getan, Konrad?"

„So sehen Sie das zunächst?"

„Allerdings."

„Um ehrlich zu sein, kann man nicht allzuviel tun. Die Dinge überrollen uns."

„Du hast diese kleine Welt also interpretiert."

„Ja, ich weiß", ich winkte ab, „es kommt darauf an, sie zu verändern. Ich habe zumindest schriftlich kritisiert, darauf verwiesen, zum Nachdenken angeregt. Das ist doch schon ein Anfang."

„Das stimmt", sagte Frau Boysen versöhnlich."

„Und sonst? Wie fanden Sie die Geschichte?"

Sie strich mit ihrer Hand über die Tischdecke. „Nun, mir fiel auf, dass es viele Wortwiederholungen gab."

„Das war Absicht. Ich wollte das alles mit Nachdruck schildern. Es ist ja auch nur eine Story von mehreren."

„Schlecht ist sie nicht. Die eingeschobenen Zwischenstücke mit dem Schnee und den Passanten, über das Leben, finde ich gut, das lockert auf. Aber nun hebe nicht gleich ab. Lass mir die Sachen da, ich werde sie in Ruhe sichten. Das interessiert mich."

„Wollten Sie nie Schriftstellerin werden?" fragte ich.

„Ich wollte Lehrerin werden und bin es geworden. Ich lese auch gern und viel, aber von irgendetwas muss ich leben. Ernsthaft spielte ich nie mit diesem Gedanken. Das waren für mich Hirngespinste. Man braucht viel Zeit."

„Heutzutage soll es ja schwierig sein, Bücher zu veröffentlichen", warf ich ein.

„Man braucht Verbindungen", sagte sie. „Das merkt man schon daran, welcher Mist jetzt herausgebracht wird. Es erweckt in mir den Eindruck, dass jeder ein Buch schreiben will. Dreißigjährige Prominente geben ihre Memoiren heraus, Kinder von reichen Eltern pinseln ihre Phantasien in bunte Einbände, und perfekt aussehende Frauen, die uns von den Werbebroschüren anlächeln, machen uns mit ihren Männerproblemen bekannt. Aber lassen wir's gut sein. Ich brauche deine Telefonnummer noch, Konrad."

Ich wählte den Weg zum ehemaligen Mietshaus meiner Großmutter. Als ich angekommen war, sah ich hoch zu dem Fenster, aus dem sie früher immer geschaut hatte. Sie lebte schon lange nicht mehr. Seit vielen Jahren beherbergten die Räume neue Mieter, andere Menschen, die die Wohnung nach Belieben ausgestattet hatten. So ist das eben. Selten war ich diesen Weg seit ihrem Tod gegangen, und manchmal, wenn eine mir völlig fremde Person sich dort auf das Fenstersims lehnte, dachte ich, man hätte die Etage requiriert und die alte Frau vertrieben.

Gegenüber hatte früher Rainer bei seinen Eltern logiert. Nach dem Tod meiner Großmutter stand ich mit Rainer noch in Verbindung, doch als er zur Armee eingezogen wurden, trennten sich unsere Wege und hatten sich seitdem nicht wieder zusammengefunden.

Doch der Name stand nicht mehr am Briefkasten. In meiner Ratlosigkeit kam mir der Zufall zu Hilfe. Eine ältere Dame in einer Wickelschürze holte ihre Post. Ich trat zur Seite. „Zu wem möchten Sie denn?" fragte sie. „Vielleicht kann ich Ihnen helfen."

„Weikerts haben hier mal gewohnt. Ich suche einen alten Freund, Rainer."

„Oh, das tut mir leid. Weikerts sind schon lange weggezogen. Ich weiß allerdings nicht, wohin."

„Und es könnte sonst niemand im Haus wissen?"

„Nein, ich glaube nicht."

„Schade", sagte ich.

„Was Ihnen aber nützen würde: seine jüngere Schwester hat in Dresden schon länger eine Praxis. Deshalb sind sie aus der großen Wohnung raus. Aber ich habe keine Telefonnummer und ob sie dort noch ist…"

„Was für eine Arbeit?"

„Tierärztin. Das war ihr Traum."

Ich fand im Internet ihre Praxis und rief am nächsten Vormittag an, gab mich zu erkennen, erläuterte kurz meinen raschen Entschluss, diese fixe Idee, mich mal wieder mit Rainer zu treffen. Wie ich darauf gekommen wäre, fragte sie. Ich hätte durch einen Zufall den alten Platz wieder gesehen, auf dem wir damals gebolzt hatten. Er melde sich kaum, riefe selten an, erläuterte sie spitz, obwohl sie ihn zu gelegentlichen Geburtstagen, auch der Eltern, träfe. Warum das so sei, wollte ich wissen. Sie könne dazu nichts sagen. Ich fügte zusammenhanglos ein, dass auch wir uns früher gut gekannt hätten. Auf die Schwester von Rainer hätte auch ich stets ein Auge geworfen, als Beschützer sozusagen. Doch das überging sie. Die Zeiten hätten sich geändert, olle Kamellen. Schließlich besann sie sich, wurde gesprächiger und erklärte, nach seiner Armeezeit sei Rainer ausgezogen und der Kontakt nach und nach abgerissen. Er hätte damals tatsächlich eine Wohnung in der Nähe dieses Fußballplatzes gemietet, die Lage sei gut, erfuhr sie aus den spärlichen Telefongesprächen. Sie hätte ihn nie bei spontanen Besuchen angetroffen, nachdem sie die Adresse nach langem Forschen herausbekommen hatte, klagte sie. Ihre Eltern hätten ihren Vorwürfen gleichmütig zugehört und beschwichtigt; er würde auf eigenen Beinen stehen. Auf den Familientreffen sei er ihr seltsam zugeknöpft vorgekommen. Als die Wende kam, hatte man die Wohnung weitervermietet. Ich erfuhr am Ende doch noch die Hausnummer.

Noch am Nachmittag suchte ich das Gebäude, das mir Rainers Schwester genannt hatte. Es lag doch weiter vom Platz entfernt, als ich vermutete. Durch einen Torbogen konnte ich den Hinterhof betreten. Eine Frau stand hinten, eine Zigarette rauchend. Sie hatte kurzes schwarzes Haar und trug Jogginghosen.

„Guten Tag. Ich wollte zu Herrn Weikert, aber ich weiß schon, er wohnt nicht mehr hier", sagte ich.

„Na, wenn Sie's schon wissen, warum sind Sie dann hier?"

„Wissen Sie vielleicht, wo er hingezogen ist? Ich bin ein alter Freund von ihm."

„Keine Ahnung", murmelte sie.

„Wann ist er denn weggezogen?" fragte ich.

„Bin ich die Auskunft?"

„Was habe ich Ihnen denn getan? Außer Ihnen kann mir niemand helfen." Ich bemühte mich um Versöhnlichkeit. „Ist Ihr Mann vielleicht zu sprechen?"

„Nein", sagte sie.

Ich wandte mich zum Gehen. Ich würde einen anderen Hausbewohner ausfindig machen.

„Wollen Sie einen Kaffee?" fragte mich plötzlich die Frau. Sie wies nach oben. „Ich kann Ihnen etwas über den Weikert erzählen."

Ich ging ihr auf den Treppenstufen bis zur Wohnung hinterher. Am Klingelschild stand „Kronach". In der Küche setzte ich mich auf einen Stuhl. Während sie den Kaffee bereitete, sah ich mich im Raum um.

„Der Weikert", sagte sie, „war ein merkwürdiger Mensch."

„Wieso?"

„Er lebte still, zurückgezogen, sprach mit keinem Hausbewohner. Gott, wann hatte er sich eingemietet?" Sie sah zur Decke. „Dreiundachtzig, glaub ich. Damals war ich neunzehn." Sie lächelte, wie um ihre frühere Jugend in ihr Gesicht zurückzubringen. „Ich war allein und wollte unabhängig von meinen Eltern sein. Wir sind fast zugleich eingezogen, dieser Weikert und ich mit meinen gebrauchten Möbeln. Wissen Sie", sie beugte sich zu mir herunter, „meine Eltern waren der Meinung, ich tauge zu nichts. Also verließ ich sie. Wenn die einzigen Menschen, die man hat, nichts von mir halten, dann kann ich mich auch von ihnen lösen."

Ich wich beeindruckt zurück. „Sie müssen mir das nicht erzählen."

„Wem soll ich es sonst erzählen?"

„Und Weikert?"

„Wie gesagt, er war seltsam. Kaum, dass er im Haus beim Vorbeigehen grüßte. Er war mürrisch, ein hagerer Kerl mit rotem Haar."

„Ich kannte ihn", warf ich ein.

„Wie auch immer: Ich hatte kein Interesse an ihm und er keins an allen. Oben war es immer ruhig. Er wohnte über mir und hatte die Zimmer einer kürzlich verstorbenen alten Dame angemietet. Von einer brutalen Räumung nahm er Abstand und einigte sich mit den Angehörigen und der Wohnungsverwaltung. Er hat Stück für Stück die alten Möbel ersetzt, welche die Frau besessen hatte und übereignete sie den Hinterbliebenen. Das fand ich überaus menschlich. - Ich achtete nicht mehr auf Weikert, denn ich lernte einen Mann kennen, den ich überstürzt heiratete. Der ging dann laufend fremd. Und er begann, mich zu schlagen. Da hab ich einen Schlussstrich gezogen, Scheidung. Seitdem lebe ich allein."

„Das tut mir leid", warf ich ein.

„Kurz nachdem ich meinen Mann los hatte, klingelte Weikert bei mir. Er hat sich lange mit mir unterhalten. Die ganze Sache war ihm nie egal gewesen. Wochen vor der Trennung hatte Weikert meinen Mann einmal zur Rede gestellt, weil er mein Weinen im Haus gehört hatte. Er klopfte an die Tür und bat um Unterlassung dieser Animositäten; so hat er sich ausgedrückt. Mein Mann, körperlich überlegen, lachte nur und sagte: ‚Schieb ab.' Ich stand direkt daneben. Mir sind Weikerts Augen in Erinnerung geblieben, kalt und unnahbar; er nickte, ging die Treppe hoch und lächelte mich kurz an. Später, nach der Scheidung, bat er mir eben seine Hilfe an, wenn mal etwas zu reparieren war und dergleichen. Wir schufen uns ein regelrechtes Ritual, das nachmittägliche Kaffeetrinken, bei dem anstehende Probleme besprochen wurden. Doch blieb er ungewöhnlich ernst. Die Trennung befürwortete er. Angenähert hat er sich mir jedoch nie."

„Das klingt gut", sagte ich.

„Das mag sein", meinte die Frau und brachte den Kaffee. „Ich dachte, es bliebe so; diese vertraulichen Zusammenkünfte, ich war froh, einen Freund zu haben. Weikert hörte mir aufmerksam zu. Meine Sorgen müssen ihm wohl nahe gegangen sein. Ich weiß nicht. Er sagte nicht viel. Und eines Tages war er fort."

„Wie fort?"

„Er war fort. Die Wohnung hatte er offenbar gekündigt."

„Er war einfach weg? Hat das niemand bemerkt?"

„Nein. Womöglich hat er nachts seinen Kleintransporter mit dem Kleinkram beladen, den er besaß, so dass es niemand sah."

„Und beruflich? Was hat er gemacht?"

„Ich weiß nicht. Er sprach von Außendienst."

„Und gab es eine Frau?"

„Zumindest keine feste. Ich wollte mich auch nicht erkundigen. Seine Art flößte mir Respekt ein."

Ich sah die Frau nachdenklich an. Es war ein merkwürdiges Bild, was sich da vor mir auftat. War die Wohnung für Rainer nur eine Übergangslösung gewesen? Hatte er andere Pläne gehabt, und welche?

„Und weiter?" fragte ich.

„Nichts weiter. Ich hörte nie mehr etwas von ihm. Allerdings hatte er mir einen Umschlag mit Geld dagelassen. Er war im Briefkasten. Auf dem Umschlag stand nur: Für die guten Stunden für schlechte Zeiten, Rainer. Es war immerhin eine vierstellige Summe. Das verstehe ich alles bis heute nicht."

„Und das Geld stammte wirklich von ihm?"

„Kein Zweifel. Ich hatte ihm einmal einige Kuverts mit

Naturmotiven gegeben. Ich habe das Papier wieder erkannt."

„Das war doch um die Wendezeit, nicht?"

„Ja."

„Vielleicht ist er überstürzt in den Westen."

„Schon möglich. Aber warum hat er nichts erzählt?"

„Das hat man nicht jedem erzählt."

„Da haben Sie auch wieder Recht."

Ich stand auf und ging auf den Balkon. Ich konnte den Giebel des hölzernen Schuppens erkennen. Dahinter erhob sich die Villa. „Aber das alles ist ungefähr zwölf, dreizehn Jahre her", sagte ich über die Schulter in die Küche. „Sie haben nie wieder etwas von ihm gehört?"

„Nein, nie." Sie erhob sich und trat auf den Balkon. „Er hat auch immer so wie Sie jetzt da hinüber gestarrt."

„Wo hinüber?"

„Zu diesem Gebäude. Er schien fasziniert."

„Meinen Sie diesen Schuppen? Wo soll man sonst hinsehen?"

„Ach, ich weiß nicht", meinte sie resigniert. „Da arbeitete übrigens früher mein Mann, als Tischler."

Was hieß schon Gebäude? Es war nur ein Holzbau, morsch und verwittert, nicht unbedingt eine Augenweide. „Hören Sie", sagte ich, „wir kommen an dieser Stelle nicht weiter. Es wird Zeit, mich zu verabschieden. Und vielen Dank."

Beim Nachhause gehen dachte ich über alles nach. Es begann zu dunkeln. Der Tag hatte viel Verwirrung gebracht. Da mich der Weg an dem Fußballplatz vorbeiführte, verweilte ich noch kurz. Doch der seltsame Schuppen begann mich mehr zu interessieren. An der Brettertür war ein verrostetes blaues

Vorhängeschloss angebracht. Am Giebel sah ich das Ochsenauge, das runde Fenster, das direkt auf die Villa gerichtet war. Ich ging zurück und umrundete das Geviert. Am Gittertor bei den Treppenstufen stand ein schwarzer Passat mit getönten Scheiben. Ich musste an den mürrischen Garagenmieter denken.

Daheim am Monitor kam ich nicht zum Schreiben. Die Vorfälle des Tages geisterten durch mein Hirn. Wenn man einmal den Alltagslauf unterbricht und etwas anderes tut, ist es so, als würde man einen Dominostein umwerfen, der weitere mit sich reißt.

Warum nur war Rainer in die Nähe des Platzes gezogen? Hatte er Bezug zur Vergangenheit gewollt, das Eintauchen in die Kindheit, ein Relikt aus verschollenen Zeiten stetig vor Augen? Warum war er überstürzt verschwunden? Warum hatte er die Jahre wie in einer Warteposition verbracht?

Früher waren wir echte Freunde. Sein Humor wirkte ansteckend, ebenso die Neigung, Abenteuer und Streiche zu ersinnen. Unser Leben damals war spannend. Das Wort Traurigkeit kannte er nicht. Er war mir zum Vorbild geworden.

Deshalb konnte ich mir diese Wandlung nicht erklären, die mir die Kronach geschildert hatte. Still, teilnahmslos schien er demnach zu sein, introvertiert, zurückgezogen lebend. Gewiss, eine lange Zeit war inzwischen ins Land gegangen. Menschen ändern sich. Und selbst das alles war schon zwölf Jahre her. Wir waren vierzig. Was war aus uns geworden, aus den Mitschülern meiner Generation? Möglicherweise besaß manch einer schon eine Firma, eine andere eine Boutique. Vielleicht waren einige Kameraden von damals jetzt gnadenlosen Schikanen ausgeliefert. Wer wusste das schon? Viele würden große Töchter und Söhne und damit einhergehende Probleme haben. Es war überfällig, ein Klassentreffen anzuleiern.

Ich musste plötzlich an eine Mitschülerin denken, die ich damals mit stiller Bewunderung beobachtet hatte, Stella Schönberg. Auch sie hatte schwarzes Haar und besaß einen dunklen Teint; ihre Bewegungen wirkten fast tänzerisch. Wenn sie auf dem Schulhof mit ihren Freundinnen ihre Runden drehte, gingen meine Blicke immer wieder zu ihr hinüber. Sie hatte es bemerkt, Mädchen stellen solche Dinge mit unfehlbarer Sicherheit fest. Doch dabei war es geblieben. Sie reagierte nicht und ich unterließ es aus Feigheit, sie anzusprechen. Ich berichtete Rainer davon; wir erzählten uns alles, und er hörte mir ernsthaft zu, meinte dann nur, dass man warten müsse, bis sich eine passende Gelegenheit ergäbe. Man müsse warten können. Ich begann zu dieser Zeit, die Initialen ihres Namens in Bankstreben zu ritzen, bis Rainer sagte, dass ich das lieber lassen sollte. Man kriegt da Schwierigkeiten, sagte er und sah mich an...

Da fiel es mir wieder ein. Der Passat vor der Villa mit den getönten Scheiben. Das Nummernschild endete mit den Buchstaben WR. Konnte das Zufall gewesen sein?

WR – Weikert Rainer?

Am nächsten Abend, als es dämmerte, machte ich mich auf den Weg zum alten Schuppen. Die Garagen lagen verwaist, niemand war zu sehen. Ich zog unter der Jacke den mitgebrachten Bolzenschneider hervor und knackte das blaue Vorhängeschloss. Die schwere Tür ließ sich nur mühsam in ihren Angeln bewegen, sie war wohl lange nicht geöffnet worden. Durch die blinden Scheiben fiel kaum Licht. Ich zog das Tor hinter mir heran und schaltete die Taschenlampe ein. Zu beiden

Seiten waren Werkbänke mit Schraubstöcken aufgestellt. Altes Laub und Holzspäne bedeckten den Boden. Inmitten des Raums stand eine Metallpresse. Links konnte ich eine Treppe erkennen, die ins Obergeschoss führte. Das geknackte Schloss warf ich unter eine Werkbank. Nach kurzem Suchen fand ich einen geeigneten Knüttel; in dieser ehemaligen Werkstatt hatte ich das vermutet. Selbstschutz musste schon sein. Den Rucksack geschultert, nahm ich vorsichtig die Treppe. Die Stufen schienen stabil. Oben standen überall Kartons und Pakete herum. Ich näherte mich dem Ochsenauge und war schließlich überrascht durch die gute Sicht auf die gegenüberliegende Villa. Ich zog mir einen alten Schemel heran, lagerte den Rucksack zu meiner Rechten und packte aus, Zigaretten, Trinkflasche, Stullen.

Drüben schien alles ruhig. Kein Wagen parkte vor dem Gebäude. Heute war Samstag; ich rechnete mir Chancen aus, dass sich etwas tun würde und zündete mir eine an. Auf alkoholisches hatte ich verzichtet; die Sache war mir zu wichtig. Meine Gedanken irrten wieder ab. Was trieb ich mich hier herum? Weil Rainer, ein Freund aus Jugendtagen, von einem weit entfernten Balkon hier herübergestarrt hatte? Oder war es die Villa, bei der alles seinen Anfang genommen hatte, an dem Tag, als ich die Boysen besuchte? Der Garagenmieter? Vielleicht der Passat mit den getönten Scheiben? WR?

Ich erhob mich und öffnete einen der herumstehenden Kartons, förderte unbeschriebene Karteikarten und Quittungsblöcke zutage. Als ich überlegte, ob mir die Kärtchen nicht etwa bei meiner Schreibtätigkeit helfen könnten, hörte ich einen Wagen bremsen. Draußen war es bereits dunkel. Ich eilte an das Auge und löschte die Lampe. Der Wagen stand vor der Villa mit ausgeschalteten Scheinwerfern. Eine endlose Minute verging, bis sich ein Insasse herausbemühte. Er war kräftig und trug Anzug und Schlips, was ich am Kontrast zu seinem weißen Hemd erkennen konnte. Gemächlich stieg er die Treppe hoch und an dem Binsenweiher vorüber, bevor ich ihn an der Hinterseite der Villa aus den Augen verlor. In meine Vermutungen vertieft, überraschte mich plötzlich das Öffnen der restlichen Türen des Wagens, dem noch drei Männer entstiegen. Beim Erklimmen der Treppe drehte sich der letzte um und schloss das Auto mit der Fernbedienung. Was sollte dieses Gebaren?

In der Villa wurde Licht eingeschaltet. Ich sah die vier oben in einen Raum ohne Gardinen eintreten; sie entledigten sich ihrer Sakkos und lockerten die Schlipse. Ich hatte einen wunderbaren Beobachtungspunkt gewählt, doch das genaue Aussehen der Männer blieb mir versagt. Die Entfernung war dafür zu groß. Sie nahmen Platz, jemand ging zu einer Art Bar und griff nach Flaschen und Gläsern. An den Körperbewegungen konnte ich ablesen, dass sie lachten. Sie würden einen draufmachen wollen, nahm ich an. Es wurde eingeschenkt, sie stießen an und tranken. Schließlich erhob sich einer der Männer und entfaltete eine Karte, die er von irgendwoher genommen hatte.

Unterdessen hielt ein zweiter Wagen vor der Villa. Diesmal stiegen vier Mann gleichzeitig aus. Mich begannen diese seltsamen Fahrgemeinschaften zu faszinieren. Mit Sicherheit hatte jeder dieser Leute ein eigenes Auto. Am Sparen würde das kaum liegen, dass sie zusammen erschienen. Offensichtlich wollte man nicht auffallen, doch bei mir hatten sie das Gegenteil erreicht. Einer der Männer in der Villa musste Lunte gerochen haben oder mochte ein vorausschauender Typ sein. Jedenfalls trat er zum Fenster und gab den anderen ein Zeichen. Umgehend räumten sie die Utensilien ihres kleinen Gelages weg. Die Sache amüsierte mich. In dem Verschlag vor dem Ochsenauge bereute ich jetzt zutiefst, kein Fläschchen dabeizuhaben. Ich fühlte mich sicher, bequem; mein Leben schien keinesfalls mehr eintönig zu sein. Niemand würde mich hier entdecken. Ich fühlte mich zurückversetzt in meine Kindheit, als ich mit einem Kumpel im Dunkel der beginnenden Sommernächte auf die Pappeln im Hof geklettert war und in die erleuchteten Wohnungen der Nachbarn gespäht hatte. Das Privatleben, was nie jemand sah...

Ein in der Hierarchie Höherstehender war offenbar mit eingetroffen, und als sich die Tür zum Planungsbüro öffnete, wurden alle jovial. Händeschütteln, kleine Gefälligkeiten, Stühlerücken. Gesten zum Wandschrank; man tat überrascht und freudig erregt, die Spirituosen wurden erneut hervorgeholt, diesmal offiziell. Und als ein anderer dieser Neuankömmlinge in die Zimmermitte trat, befiel mich ein leichter Schauder, denn dass sein Haar rötlich war, konnte ich bis hier herüber sehen. Eine Weile noch beobachtete ich sie. Über eine Karte gebeugt, diskutierend, verschwammen ihre Körper vor meinen Augen. Ich wurde müde. Vorerst hatte ich genug gesehen, auch wenn ich mir keinen Reim machen konnte. Ich verließ den Schuppen. Unten am Tor befestigte ich ein mitgebrachtes ebenso blaues Schloss, wie es vordem hier gehangen hatte.

Eine Weile ließ ich davon ab, die Männer in der Villa zu observieren, doch jeden zweiten Tag fuhr ich mit meinem Sportrad an dem Schuppen vorbei, ziemlich schnell, als hätte ich wie zufällig diesen Weg gewählt und überzeugte mich vom Vorhandensein des blauen Schlosses. Eine nervöse Unruhe bemächtigte sich meiner. Ich kam nicht mehr oft zum Schreiben; die Gedanken kreisten ständig um die Vorgänge in der Villa und den Mann mit dem roten Haar. War es Weikert? Im Grunde hatte ich mir andere Dinge vorgenommen; ich wollte nach meinem Rauswurf aus der Firma die Seele baumeln lassen, mein Leben ordnen, die Zukunft vorsichtig und überlegt planen. Dazu war es nicht gekommen. Das betrübte mich; ich hielt mich für schwach. Prinzipiell hätte ich mir sagen können: Misch dich nicht ein, was geht dich das an. Doch es ließ mich nicht los.

Eines Tages war ich wieder so in meine unwirklichen Vorstellungen vertieft, dass ich in der Stadt beinahe Saskia über den Haufen rannte, die ich nicht erkannt hatte. Sie war bester Laune und lud mich nach der Begrüßung spontan zu einer Tasse Kaffee ein, den wir am Markt vor einem Bistro tranken. Im Streit waren wir nicht auseinander gegangen. Saskia war eine der Frauen, die gemeinsam verlebte Jahre nicht einfach streichen. Sie sah mich lange an und musterte mich mit ihrem forschenden Blick. Ihr langes schwarzes Haar fiel über die Schultern auf die weiße Bluse. „Du arbeitest nicht mehr", stellte sie fest. „Wie geht es dir?"

„Woraus schließt du das?"

„Du bist ein bisschen durch den Wind. Irgendwie merkt man es."

„So äußert sich das also", sagte ich. „Nun ja", lenkte ich ein, „es gab in der Firma – Interessenkonflikte. Du kennst mich. Ich lasse mir nicht alles bieten. Die wissen nie, wo die Grenze ist."

„So wirst du es nicht weit bringen."

„Wie weit soll ich es denn bringen?"

26

„Man benötigt eine finanzielle Grundlage", sagte Saskia. „Für eine gesicherte Existenz, für eine Familie und so weiter. Da muss man Kompromisse eingehen."

„Ja, das fängt einmal an und geht immer so weiter. Und da soll ich später, wenn es mit einer Familie klappt, meinem Kind in die Augen sehen und so tun, als hätte ich mich nicht halb prostituiert, um es der Obrigkeit recht zu machen. Und meine Frau beruhige ich mit einem gemütlichen Heim. Sie muss ja nicht wissen, dass ich mich auf der Arbeit als Waschlappen geriere."

„Und was hast du jetzt davon?" fragte Saskia.

„Ich habe meine Selbstachtung bewahrt."

„Sei mal eine Weile ohne Arbeit, dann geht deine Selbstachtung auch flöten."

Ich lehnte mich zurück. „Ich hab genug zu tun. Und wenn alles geregelt ist, suche ich was anderes. Es muss ja nicht überall so sein wie in dieser Dreckbude, wo ich war."

„Es ist aber mittlerweile fast überall so", bemerkte sie. „Die kriegen das mit, die finanzielle Not. Die überdehnen das. Das ist so. Aber mit Geldmangel kriegt man wie gesagt keine Familie."

„Ach, ich bin überzeugt", wandte ich ein, „dass die Ehen und Beziehungen heutzutage sowieso auf Sand gebaut sind. Das hat wieder andere Gründe. Wir leben in einer beschissenen Zeit. – Aber, wie geht es dir denn nun so?"

„Ein recht sarkastischer Übergang, um sich nach meinem Befinden zu erkundigen."

„Tut mir leid. Vielleicht noch eine Tasse?" Ich winkte einem Kellner und bestellte.

„Du besitzt wirklich einen überzeugenden Charme. Früher warst du nicht so - Nun, ich habe wieder einen Mann kennen gelernt.

Er hat eine kleine Klempnerfirma. Und ich habe es jetzt bis ins Rathaus geschafft."

Ich lächelte. „Was ist?" fragte sie leicht errötend. „Es war Zufall. Eine Frau will außerdem Sicherheit, das musst du doch verstehen."

„Du hast mein volles Verständnis", entfuhr es mir.

„Es ist vielleicht besser, wenn ich gehe."

„Nein", sagte ich und legte eine Hand auf ihren Arm. „Bitte geh noch nicht. Entschuldige meinen Zynismus." Sie sah auf meine Hand. Ich zog sie langsam zurück. „Leider muss ich noch einen draufsetzen", sagte sie. „Ich bin im zweiten Monat."

„Glückwunsch", sagte ich ohne Häme. „Hat es endlich geklappt. Du hast dir immer Kinder gewünscht."

Diesmal legte sie ihre Hand auf meinen Arm. „Danke, Konrad, aber ich werde jetzt trotzdem gehen. Ich hab noch zu tun." Sie sah mich an. „Mach keine Fehler. Ich wünsch dir was. Ich – nun, du schaffst das schon. Und sag um Gottes Willen nicht immer gleich, was du denkst."

Das unerwartete Treffen mit Saskia hatte irgendetwas in mir ausgelöst und ich fand, dass ich leicht zu beeinflussen war. Trotzdem ging ich am nächsten Tag zunächst in meinen Keller und verbrachte alle Dinge, die mich störten, zu einer Sperrmüllsammelstelle. Dazu waren mehrere Fahrten mit meinem alten Wagen nötig. Als ich ein nicht mehr reparables Regal in den Container entsorgte, fiel mein Blick auf einen Schwibbogen. Ich zerrte den Gegenstand heraus und betrachtete ihn. Er war unbeschädigt. Ich müsste höchstwahrscheinlich nur die Kerzen auswechseln. Unbemerkt warf ich ihn in das Auto.

Weihnachten würde kommen, dessen war ich mir sicher.

Ich machte meine Steuererklärung, bis Ende Mai war Zeit; dann sortierte ich alle Papiere, die in den Schränken herumgeisterten, kaufte Ordner und heftete sie ein. Schließlich putzte ich die gesamte Wohnung bis in alle Winkel mit einer Vehemenz, die ich mir früher nie zugetraut hätte. Dabei gerieten mir Sachen in die Hände, von denen ich mich brutal und sofort trennte. In Zukunft würde ich spartanisch leben und mich der Literatur ganz und gar verschreiben, lesen und dichten. Und natürlich nebenher nach einem Job suchen. Doch wurde mir bei diesem Gedanken etwas unwohl. Würde ich mich denn einfügen können?

Im Übrigen begann ich, mich zu Hause sportlichen Aktivitäten zu widmen. Ich hatte im Keller zwei verstaubte Zehnkilo-Hanteln entdeckt, vor Jahren erstanden, um damals Saskia zu beeindrucken. Ich fand es nicht falsch, dieser Tätigkeit erneut zu frönen. Auch als Arbeitsloser muss man sich fit halten. Ich führte Buch über meine erreichten Leistungen, freute mich über Steigerungen und mir fiel irgendwann abends beim Bier vorm Fernseher ein, dass ich mich nur ablenkte von etwas, das in mir rumorte.

Der Sommer kündigte sich an. Ich saß oft faul in der Sonne auf dem Balkon und las. Doch im Juni, es war erneut ein Samstag, setzte ich mich, als die Sonne sank, auf mein Rad und fuhr zum Schuppen. Das Arbeitsamt bot nichts Passendes an und ich hatte meinen Wagen verscherbelt, um etwas Bares zu haben. Ich langweilte mich.

Das blaue Schloss hing unverändert. Das Rad versteckte ich in den Büschen des angrenzenden Fußballplatzes, die in vollem

Grün standen. Bei den Garagen war niemand zu sehen und ich fragte mich, was der mürrische Alte mit dem stechenden Blick wohl trieb. Es dunkelte. Die Brettertür war morsch, wie alles am Schuppen. Links am Schloss befand sich eine Stelle, bei der es mir gelang, ein Stück Holz heraus zu brechen. Nachdem ich das Tor hinter mir geschlossen hatte, griff ich von innen nach dem Schloss und knipste es wieder zu. Den Rucksack stellte ich ab und entnahm ihm eine Dose Bier. Drüben in der Villa war alles ruhig. Ich schnappte mir die Taschenlampe und ließ ihr Licht über den Boden und die Wände gleiten. Überall hingen Spinnen in ihren Netzen herum. Den Ekel überwindend, ging ich langsam weiter, bemüht, in der Mitte des Raumes zu bleiben. Unter einer Werkbank lagerten lange Holzbohlen, durch die lange Zeit krumm geworden. Auch hier standen Kartons. Ich zerrte einen davon heran und öffnete den verstaubten Deckel. Es schienen mir ehemalige Arbeitshefte zu sein, die man hier gesammelt hatte. Ich blätterte in einem herum.

11. März – 65 Minuten Wartung Presse – Wendekamm

17. März – Ausfall Presse - Seifert

21. März – Holzlieferung 20 fm - Abraham

24. März – Quetschung Wendekamm 18.15 Spätschicht, linker Zeigefinger…

Das sagte mir alles wenig. Doch als ich in dem Heftchen forschte, erinnerte ich mich an meine eigene Arbeit mit all ihren Einzelheiten und Ereignissen, die täglich abliefen. Auch wir hatten Listen und Blätter mit minutiösen Eintragungen, an die sich später niemand mehr erinnern würde. Irgendwelche Stückzahlen, Ausfall- und Reparaturzeiten. Darum hatte sich niemand geschert. Das Wort organisiertes Chaos machte bei uns die Runde. Öl lief aus den Maschinen, an Wartung dachte keiner der Verantwortlichen. Zum Glück war das für mich passé.

Das Geld war etwas knapp bemessen, doch dafür warteten nicht mehr diese nervenaufreibenden Schichten auf mich. Keine Werkhalle, sondern Natur, frische Luft, Freizeit, und wenn man sie gut nutzte, konnte man viel davon haben. Und dennoch, der Mensch braucht eine Aufgabe.

In der ehemaligen Tischlerei war nicht zu erkennen, was hier früher gefertigt worden war. Einige merkwürdige Metallbeschläge erregten meine Aufmerksamkeit. Auf den Werkbänken lag noch altes Werkzeug: Hobel, Feilen, Sägen, doch vermutlich längst unbrauchbar.

Ich ließ das Licht über die Umgebung gleiten. Hinter der Presse fiel mir eine Tür auf. Wider Erwarten war sie nicht verschlossen. Glasscherben knirschten unter meinen Schuhen. Hier hatte sich offenbar die Meisterstube befunden. Ein mit Unrat bedeckter Schreibtisch, ein großer Schrank, ein Drehstuhl. Auf dem Tisch stand eine verstaubte Continental-Schreibmaschine. Der Raum wies ein Fenster an der Stirnseite auf. In Fetzen hängende geblümte Gardinen zeugten davon, dass es hier ehemals gemütlich gewesen sein musste.

Ich ließ mich auf den Drehstuhl sinken. Was machte ich eigentlich? Das hatte doch alles keinen Zweck. Schließlich eilte ich zum Ochsenauge hoch, um einen Blick zu riskieren. Tatsächlich war Licht hinter einem der Fenster der Villa aufgeflammt. Mit einem zweiten Bier verzog ich mich wieder in die Meisterstube. Ich rauchte eine Zigarette und überlegte. Der Rothaarige hatte Ähnlichkeit mit Weikert, aber war er es wirklich? Einen Feldstecher konnte ich mir nicht leisten und nicht beurteilen, wer sich da drüben traf. Der Garagenbesitzer hatte merkwürdige Andeutungen gemacht. Er sagte, die würden ihn beobachten. War es im Grunde nicht so, dass jeder jeden beobachtet? Beim täglichen Tun und Treiben wird man von den Nachbarn beäugt, auf der Arbeit von den Kollegen. Und keiner tat das, um etwas zu lernen. Man wartete auf Blößen, auf Schwächen.

Die ganze Zeit über hatte ich eine rohe Ziegelmauer angestarrt, die dem Fenster gegenüber lag, den Schein der Lampe darüber wandern lassen. Die Tapete hing ohnehin an allen Stellen herunter, doch hier hatte man nicht einmal versucht, die Mauer mit Mörtel zu verkleistern. Mit schwarzer Schrift stand an den Ziegeln ‚LSR'. Hieß das nicht Luftschutzraum? Ich trat näher. Einer plötzlichen Eingebung folgend, wuchtete ich meinen rechten Fuß gegen die Steine. Mit einem hohlen Poltern gab sie nach und die Ziegel fielen nach hinten. Ich hatte die halbe Tür freigelegt. Ich richtete den Strahl in die Öffnung. Eine Treppe führte abwärts in einen großen Raum. Eine ganze Weile lauschte ich, doch nichts tat sich. Ich kehrte in die Werkstatt zurück, schulterte meinen Rucksack, griff meinen Knüttel und begab mich mit der Lampe hinunter in den Raum; ich durchquerte ihn und stieß an seiner Stirnseite auf einen endlosen Gang. Ich musste mich ein wenig ducken; er war nicht sehr hoch. Links liefen armdicke Kabel an den Wänden entlang, doch am Beginn des Gangs hatte man sie brachial abgetrennt. Nichts stand noch unter Strom.

Ich hielt inne. War das nicht die Richtung zur Villa? Das Fenster nach hinten, hier die entgegen gesetzte Strecke. Natürlich. Ich ging weiter. Die Wände waren feucht und schimmlig. Nach ungefähr dreißig Metern bog der Gang etwas nach rechts ab, um unmittelbar darauf vor einer weiteren Treppe zu enden. Ich beleuchtete die Umgebung. Oben auf dem Absatz befand sich eine kleine stählerne, ins Gestein eingelassene Platte. Zu beiden Seiten waren verrostete Riegel zu erkennen. Ich lauschte erneut. Nichts außer einem eigenartigen Tröpfeln, das von den Wänden des Ganges widerhallte. Bedächtig versuchte ich, einen der Riegel zu bewegen. Es war etwas mühsam, doch schließlich gaben beide nach. Die Platte krachte zurück und eine Menge Kohlen ergoss sich über die ersten Stufen. Ich wich ihnen erschrocken aus. Nachdem die herabrutschenden Briketts in die Ruhelage gekommen waren, nahm ich die Platte in Augenschein. Man konnte sie von innen und außen öffnen. Mein Blick, immer der Lampe folgend, irrte durch den angrenzenden Raum, der halb mit Kohlen gefüllt war. An der gegenüberliegenden Wand waren Holzscheite bis auf zwei Meter Höhe aufgeschichtet. Der Raum selbst besaß keine Tür und mir fiel ein schwacher Lichtschein auf, der auf die Schwelle einer großen Öffnung fiel. Das Licht musste von irgendwo oben kommen. War das etwa die sagenumwobene Villa? Ich lauschte angespannt und glaubte, Stimmen zu hören. Ich wog das Risiko ab. Weitergehen oder nicht? Wenn ich schon so weit vorgedrungen war, wieso nicht aufs Ganze gehen? Doch wenn man mich erwischte, blieb mir kaum Zeit zum Rückzug durch die enge Öffnung. Kurz entschlossen zwängte ich mich durch das Loch und ließ den Rucksack zurück. Mittlerweile hatte ich mich ordentlich mit Kohlendeck beschmutzt, doch das schien mir im Moment einerlei. Vorsichtig kletterte ich über den Brikethaufen, darauf bedacht, dass er nicht sonderlich ins Rutschen geriet.

Ich näherte mich dem Lichtschein und war mir jetzt vollkommen sicher, Stimmengewirr zu vernehmen. Ich trat aus dem Keller in einen langen Kellergang, an dessen Ende eine Wendeltreppe zu sehen war.

Eine Szene aus meiner Kindheit fiel mir plötzlich ein. Meine Eltern hatten geglaubt, ich schliefe bereits, doch ich hatte geräuschlos die Tür meines Zimmers geöffnet und war durch den Flur bis zur Wohnstube gerobbt. Dieser Raum war nur durch einen Vorhang vom Flur getrennt, aber ein Spalt ließ mich das Geschehen im Fernseher verfolgen. Es war ein Hängen zwischen Angst und Genuss.

Mittlerweile war ich am Fuß der Wendeltreppe angelangt und hörte, dass oben eine Unterhaltung stattfand. Flackernder Feuerschein, der von einem Kamin herrühren musste, gab sein geisterhaftes Licht an die Wände im Gang weiter.

„Was wird überhaupt mit Golombek?" fragte oben jemand mit schneidender Stimme.

„Golombek? – Ach, du meinst die Metallbude im Gewerbegebiet", antwortete einer in sachlicherem Ton.

„Ja, der schindet doch seine Leute auf die übelste Weise. Letzte Woche hat er zwei Leute gefeuert. Sie werden dort gnadenlos schikaniert."

„Hast du das von Kannegießer?" meldete sich ein dritter in der Runde, mit einem tiefen Bass.

„Ja, der war dort in seiner Funktion als Werkzeugvertreter und hat sich unauffällig mit den Arbeitern unterhalten. Mal dort, mal da eine fachliche Frage. Da erfuhr er so einiges und hat Fischbach Meldung erstattet."

Ich hatte keine Ahnung, wie viele Personen sich da oben

34

aufhielten und um was es da ging. Meine Hände, die den Knüttel umfasst hielten, begannen zu schwitzen. Die Männer schwiegen eine Zeitlang.

„Nun, ich denke, eliminieren", sagte eine andere Stimme. Der Klang ließ mich aufhorchen. Fast jugendlich noch, keck, doch fest und mit einer gewissen Entschlusskraft. So war er schon immer gewesen; man kann sich nicht verstellen. Das musste Weikert sein. Etwas bestürzt wich ich einen Meter in dem Gang zurück. Er schien hier ein gewisses Mitspracherecht zu haben. Früher hatte Rainer unsere Unternehmungen koordiniert, um es so auszudrücken. Er besaß die seltene Gabe, die Kameraden für etwas zu begeistern, in einer Weise, die man nicht mitbekam, dieser rothaarige, hagere Bursche, mein Freund aus alten Kindertagen, der mir ans Herz gewachsen war. Man konnte nicht widerstehen, wenn er Vorschläge unterbreitete. Ständig war Geheimnisvolles von ihm ausgegangen; er hatte die langweiligsten Dinge spannend gemacht. Wie oft schlug er ein Hockeyspiel vor, wenn mir nichts einfiel? An trüben Tagen tauschten wir Fußballsammelbilder, und ich vergaß das Wetter. Wir hatten boshafte Nachbarn erschreckt, mit selbst gebastelten Pappfiguren, verklebten ihre Briefkästenschlösser.

Doch unsere Wege hatten sich getrennt, nachdem meine Großmutter gestorben war. Ich war in den Ferien wieder bei meinen Eltern und nur manchmal, wenn sich Zeit erübrigte, besuchte ich die Straße, in der Rainer und die anderen bolzten. Ich gehörte nicht mehr richtig dazu, obwohl er Lanzen für mich brach. Die Macht seiner Gefährten war zu groß. Nur wer immer dabei war, durfte mitreden. So wurde ich ein Fremdling dieser Straße, die ich so sehr gemocht hatte. Bei Rainer blieb damals

Bitternis zurück. Er zog mich beiseite, wollte das klären; wir trafen uns noch allenthalben zum Tauschen der Bilder von Haller und Jaschin, die er sorgsam hütete und ansonsten vor allen verbarg.

Und wir wurden älter, begannen die Lehre, verkehrten nur noch brieflich, bis seine Einberufung kam. Danach hörte ich nichts mehr von ihm.

„…eliminieren!"

„Auf welche Weise?" fragte die schneidende barsche Stimme.

„Wir müssen uns was einfallen lassen", sagte Weikert.

Der sachliche Typ meinte: „Da in der Nähe hat doch Briesewitz seinen Garten. Könnte er nicht…"

„Das kannst du vergessen!" unterbrach ihn der Barsche. „Der Genosse Oberst-leut-nant hat andere Sorgen. Der macht sich nicht mehr die Hände schmutzig. Seitdem er dieses Grundstück erworben hat, zieht er sich aufs Altenteil zurück. Er arrangiert sich mit dem System, hat Leute kontaktiert, die unsere Gegner sind", zischte er.

„Sollten wir nicht auch ihn ins Fadenkreuz nehmen, wenn er abtrünnig wird?" fragte die Bassstimme.

„Beginnen wir doch zunächst mit Golombek", schlug Weikert vor.

„Eins nach dem andern. Ein Vorschlag?"

„Ein Verkehrsunfall mit Fahrerflucht", sagte der Barsche.

„Wo?"

„Auf dem Parkplatz im Gewerbegebiet. Golombek verlässt jeden Freitag als Letzter die Firma. Das Gelände ist da schon nahezu verwaist. Das werde ich gleich selbst übernehmen."

„Gut, Hebestreit, wir regeln alles Weitere und stellen einen Wagen zur Verfügung."

36

„Wann? Nächsten Freitag?"

„Ja, das duldet keinen Aufschub. Fischbach fordert Ergebnisse."

Jemand klatschte in die Hände. „Ich hole noch Burgunder", sagte die Bassstimme. Jemand stieg die Treppe herab. Ich wich in Panik hinter die Wendel, die eine dunkle Nische barg. Ein beleibter Mann in einem braunen Anzug nahm bedächtig die Stufen, offenbar der Bass, lief ein Stück weiter am Kohlenkeller vorüber und betätigte gleich danach links einen Schalter. Eine Glühbirne warf ihr mattes Licht in den Gang. Ich konnte einen buschigen Schnauzbart und eine beginnende Glatze erkennen. Er verschwand in einem weiteren Kellerraum. Ich zog mich noch weiter in den Winkel, wie eine Spinne. Flaschenklimpern war zu vernehmen. Der Beleibte ließ das Licht brennen und kehrte zurück, in jeder Hand einen Rotwein. Dann nahm er die Treppe.

Voller Angst näherte ich mich wieder dem Kohlenkeller. Es wurde Zeit zum Rückzug. Wo war ich hier hingeraten? Man sprach von Eliminierung, von Mord. Gleichzeitig war ich wie gebannt von den Gesprächen da oben. Sie entkorkten die Flaschen und hatten wohl auch schon etwas intus.

„Hauptmann Hebestreit, Oberleutnant Pasold, Leutnant Dombrowski, erheben wir unser Glas, auch auf jene, die heute verhindert sind", tönte Weikert. „Wir werden schon ein wenig die Zukunft verändern." Gläserklirren, Schweigen. Ich überlegte. Sie duzten sich, mal wurde der Dienstgrad betont. Na ja, alte Kameraden. Hebestreit war also der Barsche; da der Beleibte den Wein auftrug, war das vielleicht Dombrowski, und Pasold der Sachliche, der allerdings wenig zur Unterhaltung beigetragen hatte. All das nützte mir im Prinzip wenig. Oben war Ruhe eingetreten, nur das Knistern des Holzes im Kamin war zu hören.

In meinem Winkel unter der Treppe verharrend, machte ich mir plötzlich Gedanken um Namen. Passte Pasold oder Dombrowski zu einem dicken Mann? Dombrowski klang wuchtig, schwer; war da nicht etwas zu spüren, das gewaltig und massig daherkam? Und hinter Pasold, verbarg sich da nicht etwas Faseriges, Passives, Nervöses, Dienliches?

„Und Briesewitz?" fragte plötzlich der Sachliche.

„Tja, Pasold, da sollten wir Fischbach konsultieren", sagte der Barsche.

Zufrieden nickte ich in meinem Versteck. Ich hatte richtig vermutet. Doch mich beschlich ein unangenehmes Gefühl. Es würde kaum möglich sein, irgendwann in Weikerts Nähe zu gelangen und mich erkenntlich zu zeigen. Wie sollte ich mich verhalten? Ich wusste jetzt zu viel, mich befremdete sein Gebaren und die Nerven, solches zu verbergen, hatte ich nie besessen. Ich musste schnellstens weg und zog mich zurück, bevor die da oben womöglich den Laden dichtmachten. Ich konnte nur hoffen, dass die Briketts nicht ins Rutschen gerieten.

Doch alles gelang lautlos. Die seltsame Gesellschaft wärmte wohl alte Geschichten auf; ich hörte Lachen. Ich zog die Klappe hinter mir zu und enteilte durch den Gang in den Schuppen, öffnete das Schloss von innen, verriegelte wieder und suchte mein Fahrrad. Auf dem Weg nach Hause fühlte ich, was Freiheit bedeutete. Nicht auszudenken, wenn sie mich erwischt hätten.

In meinen heimischen Wänden musste ich lange über die Vorkommnisse nachdenken. Was wurde da gespielt? Es kam mir vor wie ein schlechter Film. Waren das nicht ehemalige Stasimitarbeiter? Die Sache ließ mich nicht los. Ich würde mich noch einmal in die Villa begeben müssen. Ich hatte Blut geleckt.

Eine Woche später machte ich mich erneut auf den Weg in die Höhle des Löwen. Nun wusste ich bereits, dass sie sich vorzugsweise samstags trafen. Was würden sie wohl ihren Frauen erzählen, die Herren in den Anzügen und Schlipsen? Oder wussten ihre Gattinnen Bescheid?

Doch ich wählte einen stillen Sonntagmittag aus, um zu forschen. Vielleicht gab es Papiere, Zeugnisse ihres Treibens. In meiner Vorstellung durchwühlte ich bereits die Schubladen. Kein Wagen parkte vor dem Anwesen. Ich machte alles wie immer. Das Vorhängeschloss, der Gang, die eiserne Klappe. Als ich sie leise öffnete und in den Kohlenkeller schaute, gewahrte ich mattes Tageslicht, das durch ein ebenerdiges Fenster drang, auch das Holz, aufgeschichtet an der gegenüberliegenden Wand, die Öffnung in den Kellergang. Ich bugsierte meinen Körper in den Raum und nahm den Rucksack diesmal mit. Man weiß ja nie, auf was man stößt.

Zunächst lauschte ich, doch eisiges Schweigen ringsum. Dann wandte ich mich dem Weinabteil zu. Es gab allerhand zu sehen. Beide Seiten waren mit Regalen ausgestattet, die feinste Sorten boten. Nun, ich war kein Kenner, ich trank ihn nicht. Ich bestieg die Wendeltreppe, in der Annahme, dort einen anheimelnden Raum zu erblicken, mit eben dem Kamin, einer Bar mit Tresen, so, wie ich es mir eine Woche vorher in der Nische ausgemalt hatte, mit gemütlichen Sesseln, möglicherweise auch einem Kanapee, wo die Herren zu sitzen pflegten.

Das war auch der Fall. Doch was mich erschreckte, war eher der Umstand, dass Weikert in einem der Sessel saß und mein Kommen zu erwarten schien. Er sog genüsslich an einer Zigarette und störte sich nicht sonderlich an meinem Erscheinen.

Ich blieb am oberen Ende der Treppe wie angewurzelt stehen und starrte ihn nur an. Wir schwiegen beide, und ich konnte sehen, wie ein leichtes Lächeln seinen Mund umspielte. Natürlich, er genoss das Überraschungsmoment. An Flucht war ohnehin nicht mehr zu denken. Ich überlegte angestrengt, was ich in dieser Situation tun könnte. Schließlich fiel mir nur eins ein: Ich lächelte zurück, ein wenig gequält vielleicht.

„Setz dich doch, Konrad", sagte Weikert plötzlich und deutete auf einen der Sessel, die um einen schweren Edelholztisch herum gruppiert waren. Auch das Kanapee fehlte nicht, und ich zog es vor, mich auf diesem niederzulassen, nachdem ich näher getreten war und ihm die Hand gegeben hatte. „Hallo, Rainer", sagte ich. Er zog die Augenbrauen hoch. „Du hast ein phänomenales Personengedächtnis."

„Du ja wohl auch."

„Jaa", meinte er gedehnt, „bestimmte Gesichter vergisst man nicht. Dein skeptischer Blick; außerdem wirktest du immer ein wenig gehetzt…"

„Im Moment kein Wunder."

„Zugegeben. Das ist auch egal. Du bist, wie du bist – alter Freund."

Ich betrachtete Weikert. Er trug dunkle Hosen und ein weißes Hemd; das Sakko hatte er über einen der Barhocker gehängt. Das rote Haar war korrekt kurz geschnitten und sein Äußeres wirkte gepflegt. Doch in seinem Antlitz trug er Spuren des Lebens. Er war gealtert, was völlig logisch war, genau wie ich, doch die Falten auf der Stirn zeugten von schweren inneren Kämpfen, die er durchlitten haben musste. Vor ihm auf dem Tisch stand ein halb gefülltes Glas Rotwein. „Willst du vielleicht

40

auch einen Schluck?" fragte er.

„Ich trinke normalerweise keinen. Aber ich denke, ich mach heut mal eine Ausnahme."

Er stand auf, ging zur Bar, holte ein Glas, brachte auch den Burgunder mit und schenkte ein. Er hob sein Glas, ich das meinige; wir stießen an. „Auf unser Wiedersehen", sagte er, und wir tranken. Ich zündete mir mit fahrigen Fingern eine Zigarette an.

„Erzähl doch mal ein wenig von dir", sagte Weikert.

„Willst du nicht... Bist du nicht überrascht? Ich meine, ich bin..." Ich deutete auf die hinter mir liegende Treppe.

„Das hat Zeit. Wie ist es dir ergangen?"

„Ich weiß nicht so recht, Rainer. Ich fühle mich etwas unwohl, ich bin hier eingedrungen..."

„Nur die Ruhe, Konrad, sieh es als Abenteuer, wie früher." Wieder lächelte er und auch seine Ruhe wirkte entwaffnend.

„Ja, Rainer, - wie soll ich beginnen? Wir waren bis zu deiner Einberufung zur Armee noch in Verbindung, wenn auch nur sporadisch. Ich habe da bereits meine Schlosserlehre gemacht und bin ein Jahr später auch eingezogen worden. Und danach bin ich bald zu Hause raus, wollte für mich sein, auf mich gestellt. Ich wurde wieder Schlosser; das war vierundachtzig. Und als die Wende kam, ging die Bude den Bach runter. Ich hab mich mit Gelegenheitsjobs über Wasser gehalten, war Leiharbeiter, bis mich eine Firma als Einsteller übernahm. Dort war ich sechs Jahre beschäftigt. Dann warfen sie mich raus. Es hat sich also nichts Besonderes ereignet in meinem Leben. Mit einer festen Beziehung hat es nur einmal geklappt, aber auch das ging schief. Nur, dass ich neuerdings mit dem Gedanken spiele, Geschichten zu veröffentlichen. Jeder hat so seinen Traum."

„Jeder hat so seinen Traum", wiederholte Weikert nachdenklich. „Aber mach dich nicht kleiner, als du bist, Konrad. Wie kommt mir denn heutzutage ein faserfreier Lebenslauf vor, mit Gymnasium, Abi, Studium an der Uni und Jurist mit Diplom? Das geschieht oft nur mit wohlhabenden Eltern. Im Übrigen sind das langweilige Zeitgenossen."

„Mag sein. Und es nützt mir nichts. Ich war früher glücklicher."

Weikert nickte zustimmend. „Ja, das kann ich mir vorstellen. Geldnot, Existenzangst; das wäre - früher - nicht immer so gelaufen. Es gab Sicherheit, auch Unterstützung, eine gewisse Solidarität auch, Bodenständigkeit, nicht diese Hetze und Hektik von heute; dieses Auswechseln von Menschen, die zu Schachfiguren degradiert werden. Das müsste man ändern."

Wir sahen uns an. Dann langte er nach der Flasche und goss uns nach. Bei mir war der Groschen längst gefallen. Was sie ändern wollten, schien mir beim letzten Mal, als ich lauschte, klar geworden zu sein. „Rainer, was machst du hier?"

Weikert fixierte mich nachdenklich und drang mit seinen grauen Augen bis in mein Innerstes. Er hatte den rechten Arm auf die Tischplatte gestützt und rieb sich mit dem Zeigefinger die Lippen. Es arbeitete in ihm. „Gegenfrage: Was hattest du hier zu suchen?"

„Es war ein Abenteuer", sagte ich unbefangen.

„Meine Worte", sagte er. „Aber so was könnte gefährlich werden."

„Inwiefern?"

„Nun, ich bin nicht allein der Eigentümer dieses Hauses."

„Wieso warst du nicht überrascht, als ich die Treppe hochkam?"

„Weil du schon mal da warst."

„Wann?"

„Letzte Woche."

„Wie kommst du darauf?"

„Ich habe die Angewohnheit, die Räume zu inspizieren. Alle Räume. Man kann nicht vorsichtig genug sein. Vor einem Einbruch ist man nie sicher. Das betrifft auch die Keller. Ich habe die Klappe gesehen, eine Klappe, die mir vorher nicht aufgefallen ist. Sie war nicht mehr mit Kohlen bedeckt. Es musste jemand eingedrungen sein."

„Hast du sie überprüft?"

„Aber ja. Ich bin auf den Gang gestoßen. Und, zugegeben, ich war erschrocken, dass es so leicht sein könnte, hier rein zu gelangen."

„Aber, Herrgott, wieso warst du nicht erstaunt, dass ich es war?"

Rainer lächelte. „Ich bin durch den Gang gekrochen. Das musste ich natürlich bis zum Ende untersuchen. Ich kam im Schuppen raus, durch die zerbrochene Mauer. Der Schuppen war verschlossen. ,Ein intelligenter Bursche', dachte ich mir. Licht fiel durch die Türritzen, und ich sah drüben durch die Bäume nur das Haus, in dem ich früher mal gewohnt hatte. Das brachte mich auf eine ungewöhnliche Idee, denn ich dachte plötzlich über meine Vergangenheit nach. Meine Schwester hatte mich damals in diesem Haus fast schon belagert. Ich rief sie schließlich an, verrückt, doch das bringt häufig Ergebnisse. Nach minutenlangen Vorhaltungen erfuhr ich, dass du sie angerufen und dich nach mir erkundigt hast. Das konnte kein Zufall sein. Alles wies darauf hin, dass du der unbekannte Eindringling sein musstest. Ich fragte mich nur, wo ist die Verbindung?"

„Es war vielleicht eine Fügung", sagte ich. „Besser gesagt, eine

Verkettung von Ereignissen. Ich wollte meine ehemalige Lehrerin besuchen und kam hier an der Villa vorbei. Mich interessierten diese Binsen an dem Weiher. Und natürlich dieses interessante Gebäude." Weikert sah mich aufmerksam an. „Wie ähnlich wir uns doch sind", bemerkte er. „Die unscheinbaren Einzelheiten waren mir auch schon immer wichtig."

Ich fuhr fort: „Dabei kam ich an den Platz, auf dem wir früher Fußball spielten. Du fielst mir ein. Später war ich deshalb noch bei deinem Elternhaus und erfuhr von einer Mieterin, dass deine Schwester in Dresden sei. Ich fand ihre Nummer, rief sie an, richtig. Sie teilte mir deine letzte Anschrift mit. Und von dem Haus konnte man wunderbar zum Schuppen sehen..."

„Von wo?" unterbrach mich Weikert.

„Vom Balkon der Kronach aus", sagte ich.

„Das gibt es doch nicht", fluchte Weikert plötzlich und griff zum Weinglas. „Du warst bei der Kronach?" Ich wich erschrocken zurück, doch er beschwichtigte: „Bleib ruhig, Konrad, na klar, wie soll es sonst gelaufen sein? Verdammt, wie löchrig doch alles ist." Er trank und rieb sich die Stirn. Dann, mit einemmal, lächelte Weikert und sah mich an. „Was hat die Kronach dir erzählt?"

„Du warst ein rätselhafter Mieter. Ihr hocktet häufig beim Kaffee zusammen. Sie hat dir ihre Sorgen gebeichtet, du hast zugehört."

„Inwiefern rätselhaft?"

„Du bist eingezogen und nach Jahren plötzlich ohne jede Ankündigung fort gewesen. Du lebtest offensichtlich allein. Man wusste nichts Näheres von dir."

„Aber was hat das mit dem Schuppen zu tun?" Ich wurde nervös. Die Kronach wollte ich nicht mit hineinziehen, obwohl sie offensichtlich bei Weikert einen Stein im Brett hatte, aber man

44

konnte nie wissen; sie war ohnehin genug bestraft. „Den Schuppen hebe ich nur besonders hervor, weil mir an dem Tag, an dem ich diesen Platz wieder gefunden habe, ein Garagenbesitzer erzählt hat, dass sich hier in dieser Villa Leute treffen, die ihm obskur erscheinen. Er will die Garage jetzt verkaufen."

Weikert schüttelte den Kopf. Er sah an mir vorbei und schloss für einen Moment die Augen, um sich mir wieder mit voller Aufmerksamkeit zuzuwenden. „Nun, Konrad, lass mal deine deduktiven Fähigkeiten aufblitzen."

„Da ist nichts Besonderes dabei. Das Haus, in dem du wohntest, der Garagenbesitzer, mein Interesse für die Villa, das traf alles zusammen. Und der Schuppen war vielleicht ein geeigneter Ort, um sich Zugang zu verschaffen." Wieder schien Weikert unzufrieden mit meinen Ausführungen. „Aber wo ist die Verbindung?"

„Welche Verbindung?"

„Die Verbindung zu mir?"

„Da gibt es keine. Es war Zufall. Und von dem Balkon der Kronach konnte man hinüber sehen, da kommt eben viel zusammen."

Wieder rieb er sich, diesmal mit beiden Händen, das Gesicht. „Was hast du mitbekommen, als du letzte Woche hier warst?"

„Herrgott, nichts. Ich hörte Stimmengewirr, als ich in den Gang trat. Ich bin gleich umgekehrt und hab mich zurückgezogen."

„Und was denkst du?"

„Was soll ich denken? Nichts. Erzähl mir doch jetzt von dir."

Weikert richtete seinen Blick auf mich. Seine Augen waren nicht mehr wie früher. Sie besaßen einen seltsamen kalten Glanz,

45

wirkten aber auch müde. Die Spur unserer Freundschaft verlor sich irgendwo in seinem Innern. „Wie kann man nur so naiv sein? Du steckst deine Nase in fremde Angelegenheiten."

„Rainer, das kommt nicht wieder vor, ich versteh das alles nicht", sagte ich.

„So einfach ist das nicht."

„Dann ist es eben kompliziert."

Erneut schenkte Weikert ein. Der Alkohol nahm mir die Hemmungen; meine Angst wich langsam. Weikert schien in versunkene Zeiten abzutauchen. Dann fasste er mich wieder ins Auge und erklärte lapidar: „Also. Hör zu. Wir machen krumme Geschäfte. Das machen viele. Was ist dabei? Jeder braucht Geld. Nun kommst du uns in die Quere. Ja, was meinst du, soll ich jetzt tun?"

„Nichts. Ich will doch nur wissen, wie es dir ergangen ist."

„Ich möchte nicht über meine Vergangenheit sprechen. Das ist vorbei und vergessen."

„Ich habe das Gefühl, dass du irgendwas verheimlichst."

Weikert erhob sich und begann im Raum umherzulaufen. „Konrad, was willst du eigentlich von mir? Unsere Jugendzeiten sind längst vorüber. Das Leben hinterlässt Spuren. Man überlegt, wem man sich offenbart. Es ist nicht mehr wie früher. Vertrauen und Kameradschaft sind auf der Strecke geblieben. Man tauscht mit seinen Mitmenschen Floskeln aus. Informationen sind heute alles. Jeder nutzt sie zu seinem Vorteil aus. Bedeckt halten, ist die Devise. Da tauchst du auf und willst Dinge über mich wissen. Jahrzehnte sind vergangen."

In gewisser Weise beleidigte mich seine Darlegung, obwohl er Gründe hatte. „Wir könnten diese – Kameradschaft wieder

46

aufleben lassen."

„Das ehrt mich sehr. Aber, wie schon gesagt, die Zeiten haben sich geändert. Ich habe Verpflichtungen, - und Geschäftspartner."

„Was hat das mit mir zu tun?"

Plötzlich beugte sich Weikert vor und sah mich eindringlich an. „Kameradschaft...", wiederholte er. „Jetzt mal im Ernst: hast du dir deine private Lage in einer ruhigen Stunde mal vor Augen geführt? Ich hab ja jetzt schon einiges gehört. Du hast die Arbeit verloren, man hat dich rausgeworfen, aus fadenscheinigen Gründen, vermute ich, nachdem du sechs Jahre den Buckel für sie krumm gemacht hast. Unter diesen Umständen wirst du keine Frau halten. Glaub mir das. Frauen wollen Sicherheit, das ist nicht von der Hand zu weisen. Du wirst auch schwerlich eine neue Arbeit finden; sie stehen Schlange. Niemand braucht dich. Du hast deinen Platz in dieser Gesellschaft verloren; das juckt niemanden."

Ich schluckte und wollte etwas entgegnen, doch Weikert sprach weiter: „Wir leben in einem Haifischbecken, Konrad, in einer Gesellschaft von Egoisten, Ignoranten und Betrügern. Die Welt, die man sich offenbar erhofft hat. Arbeiter werden entlassen, Leute aus ihrer Wohnung gewiesen, Klagen häufen sich, Kinder von unbetuchten Familien verachtet man in der Schule und grenzt sie aus. Konrad, das Leben tobt an dir vorüber und du merkst es nicht einmal. Stattdessen schreibst du einsam deine Geschichten. Denke bloß nicht, dass man dir eine Chance lässt. Die Zeit wird langsam vergehen und du wirst den Verfall spüren; das geschieht Schritt für Schritt. Du wirst auf Ämtern sitzen und kommst keinen Meter voran. Man reicht Papiere herum, eine ganze Branche wird von dir leben. Sie nehmen dich nicht mehr wahr. Nach einem Jahr bist du in der Sozialhilfe und nimmst keinen Anteil mehr an gesellschaftlichen Aktivitäten. Keine Kneipen, nichts Kulturelles, Mitgliedschaften in irgendwelchen Sport- und Freizeitclubs sind dir verwehrt. Und du wirst keine Freunde haben."

„Das merke ich jetzt schon, Rainer", sagte ich sarkastisch, doch seine Worte hatten mich überzeugt.

„Ich könnte dir helfen, Konrad", erwiderte Weikert sofort. „Dafür erwarte ich, dass du mir auf halbem Wege entgegenkommst."

„Wie meinst du das?" Weikert lehnte sich zurück. „Was würdest du tun, um diesen Zustand zu ändern?"

„Wenn du eine Arbeit für mich hättest, wär das schon viel", sagte ich. Weikert massierte seine Nasenflügel und schien zu überlegen. „Ich meine, wärst du bereit, etwas für die Allgemeinheit zu tun?" fragte er und wedelte mit der Rechten in der Luft herum. „Es gibt eine Menge Menschen, denen es schlecht geht."

„Ja, warum nicht?"

„Wir!" sagte er laut, schnellte aus dem Sessel empor und deutete auf den gesamten Raum, obwohl niemand anwesend war, „wir werden etwas ändern." Dann begann er wieder auf- und abzuschreiten. Mittlerweile hatte Weikert die Ärmel seines Hemds hochgekrempelt und fuhr sich durch das rote Haar. „Wir versorgen Leute mit Wohnungen, geben ihnen Arbeitsplätze und räumen Hindernisse aus dem Weg, schon lange." Das mit den Hindernissen war mir bereits klar, und ich ahnte, wie schwer es Weikert fallen musste, mir diese Dinge zu offerieren. Im Grunde war er bereits wieder wie früher dabei, mich für etwas zu begeistern. Und doch war ich plötzlich Feuer und Flamme. Grübelnd verbarg ich mein Kinn in der Hand und sah zu ihm auf. Vielleicht sollte ich es ihm ein wenig leichter machen, obwohl ich mich damit entblößte. Denn ich musste daran denken, dass Weikert mit seinen Erläuterungen Recht hatte. Was blieb mir übrig? Die Darstellung der Zukunft schien unwiderlegbar. Doch ich wollte ihn auch ein wenig schockieren, jetzt, wo kein Rückzug mehr möglich schien und ich innerlich eingewilligt hatte. „Du wirst Fischbach Meldung machen müssen", kam es mir über die Lippen.

Weikert musste sich setzen, jedenfalls unterbrach er seine Wanderung. Er schenkte noch einmal nach, doch er blieb gefasst. „Du hast alles gehört? - Wer weiß noch davon? Ein Kumpel oder eine Freundin?"

„Fehlanzeige. Ich hab keinem was erzählt."

Er lehnte sich zurück. „Dann konntest du dir doch offensichtlich ein Bild machen. Du lässt mich hier rumeiern. Warum rückst du erst jetzt damit heraus? Ich hab dich falsch eingeschätzt."

„Ich konnte nicht gleich diesen Trumpf ausspielen. Ich wollte deine Sicht der Dinge wissen."

„Die hast du nun. - Doch das mit der Meldung wird wohl nicht so funktionieren. Man duldet keinesfalls Außenstehende." Er lächelte mich aus unerfindlichen Gründen an. „Du hast uns reden hören? Letzte Woche? Die Namen sind dir bekannt?"

„Ja."

„Du weißt, dass du tief drinhängst in der Sache. Deine Ruhe möchte ich haben. Welche Meinung hast du nun?" wollte er wissen.

„Im Prinzip klingt das mit Abstrichen ganz gut. Ich könnte mich tatsächlich dafür begeistern."

„Wirklich?" Weikert erhob sich erneut. „Um auf deine Abstriche zu kommen, ich versteh schon die Richtung: Verhandlungen nützen hier nichts. Wir sind in der gleichen Lage wie unsere Gegner von damals. Wir kämpfen gegen ein System. Wo gehobelt wird, fallen Späne." Weikert bot mir eine Zigarette an.

„Aber ich muss mehr hören, die Ziele, den Sinn. Und etwas über dich, Rainer." Weikert ging zur Bar und lehnte seinen rechten Arm auf den Tresen. Einmal mehr konnte ich sehen, dass sich die Spuren der Vergangenheit in seinem Gesicht widerspiegelten, denn er schien an früher zu denken. „Hör zu, Konrad: Ich werde dir einiges erzählen, nicht alles. Dann gibt es kein Zurück mehr. Das musst du akzeptieren. Nein", sagte er mit einer schnellen Handbewegung, um einem Einwand meinerseits zuvorzukommen, „jetzt rede ich." Er fasste mich ins Auge und begann: „Nach meinem Wehr – dienst", hier zögerte er kurz, „wurde ich operativer Mitarbeiter des MfS; ich war gut, ich wurde Führungsoffizier, vierundachtzig, um den inneren Feind zu bekämpfen. Ich war von der ganzen Sache überzeugt. Fakt war: Dieses ganze pro-westliche Gehabe, dieses Unterminieren unserer Gesellschaft störten mich damals. Subversive Haufen hatten sich gebildet, zersetzten das System und gefährdeten die innere Sicherheit. Ich mietete mich irgendwann in diesem Haus ein, hier gleich am Platz, warb informelle Mitarbeiter an, die sich den Anschein eines Bohemien gaben und sich in die Kulturszene einschlichen, dort, wo das alles immer begann."

„Und deine Eltern, deine Schwester?"

„Meine Eltern wussten es. Meine Schwester war jünger und wurde im Unklaren gelassen. Auch dir hab ich nie bei unseren seltenen Treffen davon erzählt, das ist nun mal so. Außerdem hattest du eine Tante im Westen... Kennst du Klawitter noch? Aus meinem Nachbarhaus? Diesen stillen Typen, der mit uns im Winter Schneehöhlen baute? Wir gingen in eine Klasse. Sein Vater hat mir die Möglichkeiten nahe gebracht. Der war auch bei der Firma. Kadersuche. Ich hatte ein verlässliches Elternhaus. Es war mein Wunsch. Aus Abenteuerlust wurde Berufung, für Sicherheit zu sorgen. Es konnte losgehen."

Ich beobachtete Weikert. Seine Worte sprach er klar und fließend und mir fiel auf, dass sich unter dem weißen Hemd, das etwas verklebt vom Schweiß an seinem Körper hing, ein durchtrainierter, wenn auch, wie gewohnt, hagerer Körper verbarg. Er zündete sich eine Zigarette an. „Das klingt alles sehr einleuchtend. Deshalb ist auch der Kontakt abgebrochen", sagte ich.

„Es musste sein. Kommen wir zu Punkt zwei: Die Wende. Uns wurde klar, dass wir vieles falsch gemacht hatten, dass wir Feinde gewittert hatten, wo keine waren. Allerdings jetzt sahen alle tatenlos zu, wie unser Land gänzlich vereinnahmt und abgewirtschaftet wurde. Wir warteten eine Zeitlang ab, wie sich das entwickeln würde. Aber es wurde lediglich abgewickelt. Dann schloss sich ein kleiner Kreis von Ehemaligen wieder zusammen; wir organisierten uns im Geheimen und fassten Pläne. Hast du jemals von der ‚Roten Faust' gehört?"

„Nein", sagte ich und hing an Rainers Lippen. Er war nicht mehr der Junge, den ich früher kannte, sondern ein entschlossener und zu allem fähiger Mann mit Visionen; aber die hatte er offenbar schon immer gehabt, und ich wurde mir der Schwäche und Leere meines gegenwärtigen Zustands bewusst. Er hatte eine Aufgabe, der er sich bedingungslos verschrieb. Ich besaß keine Zukunft.

„Die ‚Rote Faust' oder ‚ODOM'?"

„Nein, nie gehört."

„Das sind gewissermaßen Nachfolgeorganisationen. Viele wollten die Erinnerung an die einstige Macht nicht sterben lassen. Sinnlose Drohungen gegen die Obrigkeit. Wir aber, eine Splittergruppe, machen es anders. Wir", Weikert schlug sich mit der Hand an die Brust, „sind die Erben. Wir arbeiten im Untergrund. Nichts hört auf."

„Wohnungen, Arbeitsplätze, das fällt doch auf."

„Wir sind vorsichtig."

„Das habe ich gemerkt", sagte ich ungewöhnlich forsch.

„Jedes System hat Löcher. Das liegt in der Natur der Sache. Wir werden sie abdichten. Wir machen keine Gefangenen. Das gilt auch für dich."

„Was soll das heißen?" Ich wurde blass.

„Wer nicht mit uns ist, ist gegen uns. Und du weißt zuviel."

„Soll das bedeuten, du legst mich um?"

„Quatsch!"

Wir schwiegen. Weikert kehrte an den Tisch zurück und setzte sich wieder.

„Ihr – tötet aber auch!"

„Das lässt sich nicht vermeiden", sagte er ohne Zögern. „Man muss die Ziele durchsetzen."

„Gibt es auch Abweichler?" fragte ich heuchlerisch; doch Weikert hatte es bemerkt. „Du spielst auf diesen Briesewitz an. Das klären wir. Einige haben sich abgesondert, weil es ihnen gut geht, zu gut. Und wir klären noch viel mehr; wir sind nicht wenige. Fischbach hat uns zusammengestellt, und es gibt eine ganze Organisation." Plötzlich schlug er mit der Hand auf den Tisch. „Wir sind eine Macht, das werden alle noch merken. Diese ganzen fadenscheinigen Ämter nehmen wir unter die Lupe und werden uns die fehlbesetzten Stellen vormerken, diese Personen, die Existenzen auf dem Papier vernichten. Wir werden dann in der geeigneten Situation zuschlagen. So geht das nicht weiter. Hier, in diesem unserem Land, treibt man Schindluder mit dem Volk. Wir wollen keineswegs alte Zustände wieder herstellen, aber das, was jetzt läuft, kann nicht so bleiben. Ich weiß, wir haben früher das Volk gemaßregelt, aber es geht darum, dass jeder ein Recht hat auf Beschäftigung und Wohnraum und auf etwas Geld, um seinen Lebensunterhalt zu bestreiten. Das wirst du sonst bald selbst verspüren."

„Wie finanziert ihr das alles?"

„Das ist kein Problem. Wir haben Zugriff auf Konten."

„Aber ich komme da irgendwie nicht mit. Du führst doch kein normales Leben mehr. In gewisser Weise erinnert das auch an die RAF."

„Da kann man alle möglichen historischen Parallelen heranziehen. So was hat es schon immer gegeben. Und was mir das bringt, will ich dir sagen: Es erfüllt mich. Ich habe eine Aufgabe. Andere züchten Gurken oder basteln Modelle von Schiffen im düsteren Schein einer Kellerlampe. Das sind Egoisten. Solche Menschen sind mit jedem System zufrieden, solange die Kohle nicht spürbar knapp wird."

„Ob das gelingen wird, auf Dauer, meine ich", äußerte ich skeptisch.

„Man wird merken, dass sich irgendetwas tut. Die Leute werden

Mut schöpfen. Sie müssen lernen, aufzubegehren. Die Dinge geschehen ja wie von einer unsichtbaren Hand gelenkt. Die, denen wir geholfen haben, werden sich fragen, wo diese versteckte, geheime Hilfe herstammt. Probleme dieser Art zu lösen, muss Nachahmer finden. Und wir suchen weiterhin integre Mitarbeiter mit unbedingtem Einsatzwillen."

„Das halte ich persönlich für eine Illusion", sagte ich.

„Wieso?"

„Die, denen ihr geholfen habt, werden es für eine glückliche Fügung halten und leben weiter bis ans Ende ihrer Tage. Sie werden den Teufel tun."

„Du bist kein dummer Mensch. Aber du unterschätzt die Wirkung der Motivation." Er vergrub sein Kinn in den Händen.

„Was geschieht jetzt mit mir?" fragte ich, um dem Gespräch ein Ende zu bereiten, denn die Müdigkeit übermannte mich. Weikert musste eine eiserne Konstitution besitzen. Auch verspürte ich heftigen Hunger, trotz meiner Lage. Er sah mich lange an. „Es darf zunächst nicht bekannt werden, dass du hier warst. Wenn du nicht ein guter Freund wärst aus früheren Tagen, ich weiß nicht, was ich da getan hätte. Allerdings wäre es dann wohl nicht so weit gekommen. Wir müssen uns treffen, vielleicht nächsten Sonntag wieder. Sagen wir, zwanzig Uhr. In der ‚Kutsche'."

„Ich werde da sein."

„Ich fordere, dass du zu niemandem auch nur ein Wort verlauten lässt, auch in meinem Interesse."

„Versprochen."

„Du wirst noch viele Fragen haben, davon gehe ich aus. Das klären wir gemeinsam. Du bist nicht abgeneigt, das halte ich fest. Es gibt eine Menge zu tun. Du hängst jetzt mit drin", betonte er.

„Verlasse jetzt die Villa auf dem Weg, auf dem du hergekommen bist. Du wirst sie nie wieder auf diese Weise betreten." Ich nickte und drückte ihm die Hand. Dann gab er mir wortlos einen Block, der sich unter dem Tisch in einem Fach befand und reichte mir einen Stift. „Die Adresse!" Ich kritzelte sie auf das Blatt. Weikert nahm die Utensilien entgegen. „Auf bald!" sagte er. „Dein Leben wird sich verändern." Als ich kurz vor der Treppe verharrte, sah ich mich noch einmal nach ihm um: „Bist du verheiratet, Rainer?" „Liiert", sagte er nur und schien meinem Blick auszuweichen. Auf dem Rückzug dachte ich an seine sorgenvolle Miene.

Daheim angekommen, duschte ich ausgiebig, als müsste ich mich von grobem Schmutz befreien. Es gab in der Tat noch viele offene Fragen; ich würde sie Weikert stellen müssen. Ein paar aufgewärmte Bratkartoffeln brachten mir verloren gegangene Energie zurück. Ich sah mich im Schlafzimmer um. In der Ecke neben dem Bett lagen die Hanteln. Ich musste plötzlich an Saskia denken; sie war so souverän; ihr würden solche Dinge nie passieren. Andererseits wurde mein Leben durch diese unglaublichen Geschehnisse in eine völlig andere Richtung gelenkt. Durch den Genuss des Weins ein wenig benommen, war ich mir wohl der Tragweite des Gewesenen nicht sonderlich bewusst. Ich würde alles überschlafen müssen.

Doch am nächsten Morgen war ich stark beunruhigt durch das Erlebte. Es ging mir mies, wahrscheinlich lag das am Burgunder. Ich machte mich nach dem Frühstück mit dem Rad auf den Weg ins örtliche Hallenbad, um ein paar Bahnen zu schwimmen, in der Hoffnung, mich zu erfrischen. Auf den Straßen herrschte das Chaos; der Verkehr hatte an diesem Montagvormittag seine

Raserei wieder aufgenommen. Ich nahm die maskenhaften versteinerten Gesichter der Fahrer hinter den Frontscheiben wahr, dem Alltag und der Pflicht verhaftet. Ein Rettungswagen flog mit gellender Sirene vorüber. ‚Ja', sagte ich mir ‚die neue Woche beginnt damit, dass die ersten bereits wieder den Löffel abgeben, ein ständiges brutales Erneuern und Nachrücken.' Ganz im Gegensatz zum gestrigen Tag. Als ich zur Villa ging, waren mir die verwaisten Straßen aufgefallen. Die ganze Stadt schien in einer lähmenden Lethargie versunken. Ich dachte an meine Kindheit; wie oft hatte ich mich an verträumten Wochenenden auf eine Bank nahe unserem Haus gesetzt und die apathisch schlendernden vereinzelten Passanten beobachtet. Das ganze Leben stand in solchen Stunden still. War das nicht seit dem Mittelalter so, war es ein archaisches Überbleibsel aus vergangenen Kirchenzeiten, dass man an Sonntagen in sich gekehrt bleibt? Der Blick ist müde; die Friedhöfe werden in stiller Andacht besucht und nachmittags irgendwelche Verwandte mit Torte beköstigt. Waffenruhe. Und montags erkennt man den eigenen Nachbarn nicht mehr, die Ellenbogen benutzt man rücksichtslos, es ist vorbei.

In der Halle des Schwimmbades, am Kassenschalter, herrschte Ruhe bis auf gedämpftes Gemurmel, von den Wänden zurückgeworfen. Einige Senioren kauften ihre Billetts. Später zog ich meine Bahnen im Becken und die Rentner kreuzten mit stoischer Sicherheit meine Route. In der Cafeteria nahm ich einen Kaffee zu mir und dachte an diesen Golombek. Am kommenden Freitag würde er wohl daran glauben müssen. Von Seiten der Arbeiter half offensichtlich kein Flehen oder Bitten. In meiner Vorstellung erstand das Bild eines kantigen

Geschäftsführers, vehement und kompromisslos, immun gegen Forderungen von Untergebenen. Was konnte man da tun? Warum hatte dieser Mensch kein Einsehen? ‚Eliminieren', schoss mir eine Stimme durch den Kopf.

Als ich aus dem Hallenbad kam, stand mein Fahrrad nicht mehr da.

Am selben Vormittag hielt ein Transporter vor dem Schuppen. Drei Männer in grünen Arbeitsanzügen stiegen aus und räumten Utensilien von der Ladefläche. Sie brachen das blaue Schloss auf und verschafften sich Zugang zum Inneren. Während zwei die eingestürzte Wand in der ehemaligen Meisterstube zumauerten, schlenderte der dritte zum Garagenkomplex gegenüber. An eines der Tore war ein Zettel geheftet. „Garage preiswert zu verkaufen. Schneidereit. Telefon..." Der Mann entfernte den Zettel und steckte ihn ein. Dann ging er zurück zu seinen Kollegen.

Golombek verließ am Freitagabend seine Firma. Es war spät geworden, wie immer. Er dachte flüchtig an die Klagen der Anwohner, die die Firma wegen des nächtlichen Lärms belangten. Der asphaltierte Platz lag einsam vor ihm bis auf seinen Wagen und einem Jeep am Rande. Golombek sah kurz hinüber. Sein gelockerter Schlips baumelte an ihm herab, das Sakko war geöffnet und ließ ein blaues Hemd erkennen. Er hatte schwarzes Haar; seine langen Koteletten lugten unter den Bügeln der Brille hervor. Golombek war schlank; er bewegte sich schnell, auch jetzt noch, nach dieser Arbeitswoche. In der Linken hielt er eine Aktentasche.

Hebestreit startete den Jeep. Er ließ den Motor aufheulen, legte den Gang ein und fuhr los. Das laute Geräusch erschreckte Golombek. Dann sah er den Wagen schnell auf sich zukommen. Er warf die Aktentasche fort und versuchte sein Heil in wilder Flucht, als er begriff, dass das ihm galt. Doch er kam nicht weit. In voller Fahrt fegte ihn Hebestreit mit dem Frontschutzbügel hinweg. Wie eine Marionette wurde Golombeks Körper durch die Luft geschleudert, fiel, drehte sich und blieb reglos liegen. Hebestreit bremste, nahm den Gang heraus und stieg aus. Er beugte sich zu Golombek hinab, nachdem er sich umgeschaut hatte und fühlte fachmännisch den Puls. Es war noch hell, aber ringsum herrschte Ruhe. Hebestreit lief zu Golombeks Aktentasche, nahm sie sich und warf sie durch das geöffnete Beifahrerfenster seines Jeeps.

Aus dem Mund Golombeks lief eine kleine Blutlache auf den Asphalt. Ungerührt zog Hebestreit das Portemonnaise aus Golombeks Gesäßtasche und entfernte sich. Man würde auf Raubmord schließen. Er startete den Jeep und fuhr auf die Hauptstraße.

Keiner der Gewerbetreibenden hatte sich heute so lange wie Golombek hier aufgehalten. Man würde einen neuen Geschäftsführer einstellen. Die Metallindustrie war ein wichtiger wirtschaftlicher Faktor. Hebestreit schaltete das Radio ein und suchte den Oldiesender. Sie brachten einen Song von Slade. Er zündete sich eine Zigarette an und öffnete das Wagenfenster einen Spalt, dass der Rauch abziehen konnte. Kuhlbrodt würde in einer halben Stunde den Wagen reinigen.

Hebestreit war sich seiner Sache sicher. Sie würden etwas verändern. Er dachte an früher, an die Zeit als Lehrling der

Geologie. Aber dann war alles anders geworden. Das MfS hatte ihn angeworben; auch sein Vater war damals bei der Firma gewesen, die Mutter Postbeamtin. Die Kaderschmiede hatte ihn mit offenen Armen empfangen. Dann das Hochdienen vom Sachbearbeiter bis zum Oberleutnant, die Hochschule, Jurist; später operativer Mitarbeiter in der Kreisdienststelle, und schließlich Stellvertreter in einem Referat, zuständig für den Untergrund. Er hätte es noch weit bringen können. Die Scheiß-Wende war gekommen. Hebestreit war mit seiner Frau untergetaucht; sie zogen um. Man hatte ihn gestoppt, doch nur für eine gewisse Zeit. Irgendwann, Jahre später, war Briesewitz auf ihn zugekommen. Offensichtlich hatte dieser Akten besessen, die nur ihm zugänglich gewesen waren. In einem Cafe hatte Briesewitz ihn damals angesprochen, und Hebestreit war wie vom Donner gerührt. Die lange Hand lebe noch, sagte Briesewitz, und es gebe Gleichgesinnte, eine Organisation, neu aus dem Boden gestampft, mit hehren Zielen. Es wird weitergehen, hatte Hebestreit gedacht, denn nichts hört auf.

Als Hebestreit zu Kuhlbrodt fuhr, betätigte ein Mann im weißen Kittel und mit Arzttasche die Klingel vor Schneidereits Haustür, dessen Frau vor zehn Minuten die Wohnung in Richtung Supermarkt verlassen hatte. Er trug weiße Handschuhe und eine dunkle Sonnenbrille; ein Stethoskop baumelte an ihm herab. Der Mieter mit den stechenden Augen ließ den Mediziner bestürzt ins Treppenhaus.

„Dr. Ahrendt. Wir haben einen Notruf bekommen. Kreislaufkollaps."

„Wo soll das passiert sein?" fragte Schneidereit.

„Das ist doch hier die Kronenbergstraße 23…"

„Aber ja doch."

„Kann ich bei Ihnen telefonieren? Ich darf kein Handy benutzen. Ich muss schnellstens zurückrufen. Der Patient heißt Maiwald." Schneidereit ließ den Arzt ein und schloß hinter ihm die Tür. „Maiwald – wohnt hier nicht", sagte Schneidereit. Der Mediziner setzte seine Tasche ab. „Schnell!" Schneidereit eilte zum Telefon und griff nach dem Hörer. Der Arzt war ihm gefolgt, hatte eine Plastiktüte aus der Kitteltasche gezerrt und stülpte sie, bevor sich Schneidereit umwandte, über dessen Kopf. Die beiden Männer rangen kurz miteinander. Schneidereit war überrascht und der Arzt vorbereitet, jünger und kräftiger. Der Todeskampf dauerte nicht lange. Schneidereit erschlaffte und sank zu Boden. Bevor sich der Arzt entfernte, sah er sich noch kurz um. Die Frau würde bald zurückkehren. Das Wohnzimmer war mit dem üblichen Kram auf Regalen und Schränken eingerichtet, bis auf eine kleine afrikanische Skulptur, die ihn interessierte. Er verstaute sie und verließ das Haus. Keinem der Mieter schien etwas aufgefallen zu sein. Und selbst wenn, der unauffällige Wagen war mit falschen Nummernschildern versehen und ein Arzt im weißen Kittel schlecht zu beschreiben.

Unterwegs parkte der ehemalige Apothekergehilfe Gregor Münch den Wagen in einer Sackgasse mit maroden Häusern, entledigte sich seines Kittels, nahm die Brille ab und zog den Oberlippenbart ab. Er verstaute die Sachen in einem Beutel und griff nach der Arzttasche. Münch überflog den geordneten Inhalt mit einem aufmerksamen Blick. Dann griff er nach einer Flasche Wasser und trank in langen Zügen. Er zündete sich eine Zigarette an und sah an den verfallenen Fassaden empor. Es gab keine Investoren, die das alles sanierten.

‚Was wird aus diesem Land?' dachte Münch. ‚Was ist aus mir geworden?' Er hatte sich damals selbst in die Scheiße geritten, hatte Pharmaka abgezweigt, um mit seinen Kumpels die Drogen auszuprobieren, bis man ihm auf die Schliche kam. Auf die Anzeige seines Vorgesetzten hin vernahm ihn die Polizei.

Doch merkwürdigerweise behielt Gregor seine Stelle als Gehilfe und wurde nur versetzt. Zwei Angestellte einer Behörde boten ihm an, zu notieren, wie oft Kunden bestimmte Medikamente kauften. Ihm wurde klar, dass er Spitzeltätigkeiten übernahm. Doch nach den Warnungen dieser Männer überlegte er nicht lange. Und überdies bekam er Vergünstigungen. Gregor kannte sich bestens mit Arzneien aus. Selbst vor dem Leiter der Apotheke musste er es geheim halten. Und er unterschrieb den IM-Auftrag. Dann lernte er auch eine junge Kollegin kennen, die man eingestellt hatte. Zwischen den beiden funkte es sofort. Nach einem Jahr bekamen sie eine Tochter. Gregor verriet ihr sein Treiben. Sie hatte Zukunftsängste und bat ihn, das vorerst weiter zu tun. Das alles hörte nach der Wende auf. Er behielt seinen Job als Apotheker. Sein Chef war in den Vorruhestand gegangen. Das Leben rutschte in geradlinige Gleise. Gregor wirtschaftete in seinen Räumen. Niemand würde sich erinnern.

Bis eines Tages ein Kunde an den Tresen trat. Der erste Blickkontakt sagte Gregor bereits, woher der Wind wehte.

‚Es geht weiter', hatte der Mann behauptet. ‚Wir wissen doch, was Sie früher getan haben. Unterstützen Sie uns. Das ist nur zu Ihrem Besten.' Fischbach hatte ihn locker integriert. Münch aufzufinden bedurfte keiner Mühe. Und seine ängstliche Frau…

Aber Gregor war darüber zum Mörder geworden. Er hatte Dinge

bewerkstelligt, die er nicht einmal ihr sagen konnte. Sein Wissen um Gifte war von Wert.

An diesem Freitagabend wollten sie Briesewitz in seinem Gartendomizil beehren, Fischbach, Dombrowski, Pasold, Weikert und der Arzt, der „Doktor", wie sie ihn nannten. Fischbach hatte am Mittwoch Briesewitz angerufen und ein zwangloses Treffen vorgeschlagen, um Erreichtes und nähere Ziele zu besprechen und ein Glas auf dessen Geburtstag zu trinken. Briesewitz hatte eingewilligt, weil er wusste, dass Fischbachs Einfluss in der Organisation durch Erfolge, die dieser erzielt hatte, gewachsen war. Des Weiteren hoffte er, sich auf diesem Wege sukzessive aus der Hierarchie zu verabschieden, den anderen vorschlagen, dass er in Zukunft vielleicht nur noch als Ratgeber ohne Funktion fungieren könne. Immerhin war er jetzt 65; es wurde Zeit, sich auf das Altenteil zurückzuziehen. Offensichtlich hatte man das bereits auch schon ein wenig geahnt; er wohnte nicht mehr allen konspirativen Treffen bei, meistens unter dem Vorwand, Arztterminen nachzukommen. Ein Wink mit dem Zaunspfahl, obwohl ihm das Herz in letzter Zeit zu schaffen machte. Außerdem hatte er mit zwei Grundstücksnachbarn Kontakte geknüpft. Gut, sie waren Abgeordnete von Parteien. Aber was sollte das jetzt? Er würde nichts Grundlegendes mehr bewegen können. Das hatte er eingesehen. Um weiterzukommen, war es vielleicht besser, sich zu arrangieren. Und als Witwer hatte er allemal das Recht, sich nun allem zu entziehen und den Hobbys zu frönen, die er mochte, das Sammeln von alten Orden und dem Angeln. Dazu brauchte man Ruhe. Und in der Garage wartete der alte Ford Capri, den er aufpolieren wollte. Als gelernter Maschinenschlosser würde sein Wissen wohl ausreichen. Man kam ja jetzt auch an alles ran.

Plötzlich musste Briesewitz die seltsame Marotte vieler seiner Kollegen belächeln, sich einen Skoda zu kaufen, ein Ostblockauto. Das musste ja auffallen.

Ja, und seinem neu erworbenen Garten würde er sich widmen, und das Leben genießen, denn auch Genossenschaftsbauer war er gewesen. ‚Junkerland in Bauernhand', dachte er belustigt.

Gut war es ihm schon immer gegangen, vielleicht bis zu Hanne's plötzlichem Tod. Doch den hatte er verwunden. Und getan hatte er genug. Vom Unteroffizier bis zum Chef zweier Kreisdienststellen, das musste erstmal einer vorweisen.

Die Wende vor dreizehn Jahren hatte ihn noch gründlich aufgeschreckt. Damals war dieser Fischbach aus Berlin gekommen, ein schlanker, dunkelhaariger Mann, angefordert, als es hier brenzlig wurde, und hatte mit Entschlossenheit und, nun ja, auch durchscheinender Brutalität die Dinge zu richten versucht. Freilich war nichts mehr zu richten. Mit Fischbach hatte er sich gut verstanden. Doch dieser überschaute die Lage dann mit einem merkwürdigen Lächeln und verschwand; die Mauer fiel, er hörte nichts mehr von ihm.

Briesewitz war damals in Lethargie verfallen, hatte aber auch alte Genossen besucht. Doch vom Beweinen des Schicksals, der untergegangenen Ära fand er bei ihnen nicht die Spur. An jedem siebten Oktober besoffen sie sich und fuhren samstags ihre Opels und Audis in die Waschanlage, buchten Reisen nach Lloret de Mar und gingen sogar wählen. Warum sollten sie die neu gewonnene Reisefreiheit nicht nutzen, wenn sie schon mal da war? Auch ohne ihr Zutun? Gerade in seinem Wohnblock logierte Parterre ein Paar, von dem er im Papiermüll Ansichtskarten fand, von Freunden und Verwandten geschickt. Sie hatten sie fortgeworfen, weil es ihnen weder vor noch nach der Wende möglich gewesen war, zu reisen, die Sonnenseite zu sehen. Das hatte ihm zu denken gegeben.

Er hatte versucht, diesen Fischbach ausfindig zu machen, ohne, dass ihm klar wurde, weshalb. Es war nur ein Gefühl. Es war schwer, zu ihm durchzudringen. Bei alten Telefonnummern hatte er anfangs keinen Erfolg, bis auf einen Anruf. Eine Frau antwortete ihm, dass Herr Fischbach jetzt eine Firma für Schleifscheiben in Berlin leiten würde. Der Rest war für Briesewitz ein Kinderspiel. Und dann hatten sie sich getroffen und lange unterhalten. Fischbach war älter geworden, markanter, noch zielsicherer. Er hatte jeden Satz abgewogen, den er sagte. Er sprach erstmals über seine Lehre als Traktorist, über das Wachregiment, über die Volkswirtschaft von damals und auch darüber, dass man vielleicht mal nicht für das System, sondern wenn es die Lage erfordere, gegen das System arbeiten müsse. Das sei schwer, hatte Briesewitz eingeworfen. Alles sei schwer. Aber man suche nach einem Sinn.

Fischbach und Briesewitz hoben die Zelle aus der Taufe. Eine Zelle von vielen, welche die Zustände in menschlichere Bahnen lenken sollte. Angefangen hatte es mit kleinen Dingen. Das Paar in seinem Wohnblock im Parterre fuhr im darauf folgenden Sommer nach Italien. Der Mann hatte einen Job in einer Maschinenfabrik gefunden und seine Frau jobbte in einem Bistro. Fischbach hatte das eingefädelt mithilfe alter Freunde, und Briesewitz dirigierte das Nachfolgende von seinem Ort aus. Davon hatte man freilich wenig; vielmehr war es als Übung gedacht. Mit der Zeit buken sie größere Brötchen. Fischbach hatte Dombrowski mitgebracht, Briesewitz Hebestreit ausgegraben. Und Fischbach hatte auch diesen Weikert an Bord geholt, einen hoch motivierten Mann.

Sie hatten kleine fadenscheinige Unternehmen gegründet, Tarnfirmen, natürlich gewerblich angemeldet. Immobilien, Versicherungen, Entsorgungsfirmen. Das fiel nicht mehr auf in diesem Dschungel, der jetzt hierzulande legal wucherte. Man konnte in die Schweiz reisen. Gewiss waren Konten aufgedeckt worden, jedoch nicht alle. Es nahm seinen Lauf, vorsichtig durchorganisiert; man konnte auf einen reichen Erfahrungsschatz zurückgreifen.

Viele Beamte, die in den Fokus der Zellen gerieten, waren seitdem ihrer Funktion enthoben worden, vornehmlich leitende Angestellte. Wie oft wurde man in den Ämtern für einen kurzen Augenblick allein gelassen, um eine Akte zu beschaffen? Ein paar Sekunden reichten, um eine Existenz zu zerstören. Es war nichts anderes, als was die unternahmen. Es war so leicht, in diese ungeordnete Maschinerie einzugreifen. Denn hier wusste die Linke nicht, was die Rechte tat. Das Unterschieben oder Entwenden eines Dokuments, ein paar Tastenklicks auf dem Computer; Tage später konnte der oder die Betreffende den Arbeitsplatz räumen. Als Krebsschaden blieb nur, dass diesem ewigen Kreislauf kein Ende beschieden war. Neue Leute kamen ans Ruder, womöglich sogar Neider, die haargenau und stereotyp wie ihre Vorgänger mit den Menschen verfuhren, die vor ihnen bittstellerisch auf den Stühlen herumrutschten. Man musste größere Geschütze auffahren. Bis man begann, Unfälle zu fingieren. Wenn es die Richtigen traf, musste das zwangsläufig zu denken geben. Allerdings blieb es in der Bevölkerung erstaunlich ruhig. Fanden die sich denn mit allem ab? Die Zeitungen waren voll von Missetaten. Rechnete man die einer anderen Gewalt zu, einer Gewalt, die ohnehin im Staat wütete, so wie früher, als sie das vertuscht hatten?

Doch jetzt war Briesewitz der Sache müde.

Sie liefen hintereinander den schmalen Weg entlang. Es dämmerte bereits. Auf Fischbachs Klopfen hin öffnete Briesewitz und ließ sie ein. „Entschuldige unser spätes Kommen, Gerhard", sagte Fischbach. Sie zogen ihre Mäntel aus. „Aber ich hatte noch zu tun."

„Macht doch nichts", sagte Briesewitz. „Setzt euch." Sie begrüßten sich.

Die Laube war anheimelnd eingerichtet; in der Mitte ein Tisch, um den Bauernstühle gruppiert waren. Der Raum war vollständig mit Holz getäfelt. An den Wänden hatte Briesewitz Gegenstände befestigt, Teller, Erinnerungsstücke, das Steuerrad eines Schiffes, Regale mit allerhand Tinnef. Von der Decke baumelte eine Grubenlampe. Alte Schränke gaben der Laube Gemütlichkeit und Wärme. Fischbachs kalter Blick glitt schnell und sondierend über die Dinge; er schien etwas enttäuscht, als er Platz nahm. Weikert ging zum halb geöffneten Fenster und äugte hinaus: „Schön hast du's hier, ein Refugium."

„Gibt's hier Mücken?" fragte Pasold.

„Keine Bange, ich hab so ein Fliegengitter angebracht", sagte Briesewitz. „Außerdem raucht ihr."

„Oh", sagte Weikert, „das sieht man ja gar nicht."

„Man sieht nicht alles. Vor allem, wenn es zu nahe vor den

Augen ist."

Dombrowski sah kurz zu Fischbach hin. „Nun komm, Gerhard, wir stoßen nun offiziell auf deinen Ehrentag an", unterbrach dieser das Wortgeplänkel. Briesewitz verschwand in einem angrenzenden dunklen Raum, offenbar eine kleine Vorratskammer, und wuchtete einen Bierkasten herein. Der „Doktor" saß teilnahmslos in seiner Lederjacke am Tisch. Währenddessen konnte Fischbach seine Augen nicht von den Schränken losreißen. Doch Briesewitz tafelte Schnäpse auf, verteilte Gläser und Biere.

Mittlerweile hatten sich alle zurecht gesetzt. Fischbach ergriff das Wort: „Gerhard, wir sind heute hier zusammengekommen, um dir zu gratulieren und dir gleichzeitig für deine langjährigen Dienste im Sinne der Sache zu danken, unserer Sache." Sie hoben ihre Gläser. „Gerhard, auf dein Wohl." Sie tranken. Dann holte Fischbach aus einem mitgebrachten Aktenkoffer eine Flasche hervor. „Ein richtig alter guter Cabernet, Gerhard. Den solltest du ganz allein trinken. Und hier", Fischbach griff in seine Tasche, „ein Ticket für eine Mittelmeerreise. Die kannst du bald antreten. Das hast du dir verdient. Wir haben zusammengelegt." Briesewitz nickte und strich sich seinen Oberlippenbart. „Ich danke euch." -

Zu vorgerückter Stunde schlug Dombrowski vor, alte Bilder hervorzukramen. „Ich hab nichts mehr aus dieser Zeit, Ewald", sagte Briesewitz und leerte den Aschenbecher. „Ihr wolltet doch über erreichte Ziele sprechen, wie steht's damit, Hans?"

„Ja, Gerhard", sagte Fischbach. „Und in diesem Zusammenhang auch über dich."

„Du hast doch ein Klo, oder?" fragte Pasold. Briesewitz schien irritiert. „Ja, raus, und dann links. Es ist ein Chemoklo." Pasold entfernte sich.

„Wieso über mich?"

„Nun", sagte Fischbach, „wir haben in letzter Zeit bemerkt, dass du dich ein bisschen zurückziehst."

„Das ist verständlich, Hans. Ich habe das Rentenalter erreicht. Ohnehin wollte ich heute auch darüber reden, wie das jetzt weitergehen soll."

„Ja, eben, es geht weiter. Wir haben Aufgaben."

Briesewitz erhob sich und trat nachdenklich ans Fenster. „Hans, ich für meinen Teil habe getan, was getan werden musste. Zu jeder Zeit, auch wenn manches falsch war. Keiner ist frei von Irrtümern. Ich habe der Sache immer gedient. Aber irgendwann muss es aufhör'n."

Fischbach massierte mit der Hand seine Stirn. „Wir – sind im Moment dabei, zu weiteren großen Schlägen auszuholen und brauchen deine Erfahrungen."

„Aber ich bin doch nicht aus der Welt!" Briesewitz breitete seine Arme aus und begann etwas schwer zu atmen. „Meinen Rat bekommt ihr immer. Aber es wird mir zu stressig. Und übrigens gefällt es mir jetzt, so wie ich lebe. Außerdem kommen mir eure Scharmützel langsam etwas sinnlos vor. – Entschuldigt mich für einen Moment. Ich muss auch auf den Abtritt." Draußen auf dem Weg zum Klo traf er Pasold, der vor der Laube herumlungerte. „Bist du bei dieser Beratung nicht dabei?" fragte Briesewitz.

„Doch, ich komm ja." Pasold wich dem Blick des Älteren aus. „So 'ne Laube ist was Schönes. Man hat hier seine Ruhe. Deine Angeln find ich auch Klasse", sagte er linkisch. Briesewitz erwiderte nichts und ging weiter.

68

Pasold sah Briesewitz nach und verzog das Gesicht. So richtig ernst schien ihn hier keiner zu nehmen. Das hatte schon früher in der Schule angefangen. Pasold war von drahtiger Figur und nicht kräftig genug, um sich durchzusetzen; er wurde gehänselt. Nur einen Freund hatte er gefunden, dem das alles einerlei war. Sie teilten gemeinsame Interessen, die Malerei und die Fotografie. Und später, als sie beide noch in einer Lehrklasse landeten, weil sie denselben Beruf wählten, war Pasold froh.

Dann eröffnete sein Busenfreund ihm, dass er zum Wachregiment nach Berlin gehen würde. Auch Pasold hatte politisch zuverlässige Eltern. Sie wurden zusammen eingezogen, aber an verschiedenen Orten stationiert und verloren sich aus den Augen. Pasold hatte Mühe, dem Ausbildungsstress standzuhalten, aber er biss sich durch. Er schaffte den Weg nach oben, freilich nur durch gewisse Winkelzüge.

Nach der Wende fing Pasold bei der Post an, bis er eines Tages Ewald Dombrowski ein Paket zustellte, diesem Freund von damals. Alles Weitere hatte dieser eingefädelt. -

In der Laube griffen Weikert und die anderen zu ihren Gläsern.

„Er hat seine letzte Chance vertan", stellte Fischbach fest.

„Was wird aus der Reise?" fragte der „Doktor".

„Sie verfällt."

Pasold erschien in der Tür und nickte. „Also diese herrliche Angelausrüstung auf dem Lokus macht mich fertig", sagte er tonlos.

„Die braucht er nicht mehr. Bleib da stehen!" wies Fischbach an.

„Das Colchicin!" Der „Doktor" griff in die Innentasche seiner Lederjacke und entnahm ihr ein Fläschchen. Dann träufelte er eine beträchtliche Menge in das Bier von Briesewitz.

„Und jetzt wollen wir noch ein wenig lustig sein", sagte Fischbach. „Ich rufe nachher Hilde an, dass sie heute Nacht hier aufräumt."

„Er kommt", sagte Pasold, als er die Klotür hörte.

Briesewitz sah düster aus. Er setzte sich an den Tisch und sah Fischbach an.

„Ist schon gut", sagte Fischbach mit einem Anflug von spielerischer Resignation. „Sei friedlich. Ich versteh dich ja. Du hast womöglich Recht. Ich werde alles noch einmal überdenken, aber ich glaube bereits, dass es wohl das Beste ist, deinen Vorschlag zu akzeptieren."

„Ja", erwiderte Briesewitz dumpf.

„Und nun ist Schluss damit, Hans", dröhnte Dombrowski. „Schenk noch einen Weißen ein." Auch Fischbach lächelte nun. „Trinken wir auf alte Zeiten." Briesewitz goss schließlich nach; dann hoben alle ihre Gläser und stießen erneut an. Der Jubilar kippte den Schnaps hinunter und trank Bier, um den beißenden Geschmack zu mildern. Schon nach wenigen Minuten war der Bann wieder gebrochen und die Runde begann, längst vergessene Stories aufzuwärmen.

Eine Stunde später klagte Briesewitz über Benommenheit und bat die Runde zum Aufbruch. Fischbach zog die Verabschiedung in die Länge. Sie beobachteten ihn. Draußen wurde Dombrowski angewiesen, in der Nähe zu bleiben, um einem überstürzten Ausfall von Briesewitz zuvorzukommen, was wohl kaum passieren würde. Der „Doktor" versicherte einen in Bälde zu erwartenden Tod. Die Männer trennten sich. In der Laube rumorte es ein wenig; offensichtlich störten Briesewitz die herumstehenden Flaschen. Dann wurde es ruhig. Das Licht brannte noch eine Weile; dann verlosch es. Dombrowski lauerte in einem toten Winkel hinter dem Grundstück. Sie hatten Glück. In keinem der angrenzenden Lauben war heute jemand anwesend. Kein großes Wunder; Fischbach hatte die ganze Aktion auf den Tag gelegt, an dem Deutschland gegen die USA im Rahmen der Fußball-WM spielte. Alle würden feiern, denn in weiser Voraussicht hatte er den deutschen Cracks einen Sieg zugetraut.

Im Laufe der Nacht wurde Dombrowski abgezogen. Hilde kam und verschaffte sich Zutritt zur Laube. Kuhlbrodt wartete im Wagen. Mit einer Taschenlampe suchte die ehemalige Sekretärin Fischbachs nach dem Lichtschalter im Wohnraum der Laube. Nebenan war eine Schlafnische. Briesewitz lag im Bett. Sie berührte seinen Hals. Es war vorbei. Hilde sah sich kurz um, aufmerksam, die Gegenstände überfliegend, ging zurück und machte den Aufwasch in der Spüle. Sie zog sich die Handschuhe wieder über, trocknete alle Gläser ab und stellte sie in den Hängeschrank. Dann nahm sie ein Tuch aus ihrer Jackentasche und wischte die Mischbatteriegriffe, die Stuhllehnen und den Rand der Tischplatte ab. Sie trat in den Nebenraum und tat das Gleiche mit den leeren Bierflaschen im Kasten. Nach dem Gelage heute fand sie es passend, die Leiche mit etwas Alkohol zu beträufeln. Auch Briesewitz besaß einen Fernseher. Sie schaltete ihn auf das entsprechende Programm und stellte eine halb geleerte Flasche Bier auf den Tisch. Dann nahm sie das Reiseticket an sich, das noch auf dem Tisch lag, schloss die Tür hinter sich, reinigte die Klinken zur Laube und zum Klo und ging zum Wagen.

„Hilde", sagte Kuhlbrodt, „du schaust keinen Fußball, stimmt's?"

„Nein", sagte sie. „Es gibt wichtigere Dinge."

„Wir haben heut Nachmittag die USA mit 1:0 besiegt."

„Fahr schon."

„Sei nicht so barsch", mahnte Kuhlbrodt. Doch Hilde schwieg und hing ihren Gedanken nach. Sie musste plötzlich an früher denken, während sie durch die dunklen Straßen fuhren, an ihre Kindheit, an den Achtklassenabschluss und die alkoholkranke Mutter. Der Vater hatte die beiden längst verlassen; die Suche nach einer Lehrstelle gestaltete sich als schwierig mit ihren Zensuren. Die Mutter konnte ihr nicht helfen. Als es ihr schließlich doch gelang, in einer Reinigungsfirma Fuß zu fassen, ging es bergauf. Sie putzte in Kindergärten, Schulen, später in Bürogebäuden und versuchte, einen Pflegeplatz für ihre Mutter zu ergattern.

Da trat das MfS auf den Plan. Beim Besuch einer Bar, sie hockte einsam am Tresen, sprach ein Mann zwanglos Hilde an. Er sprach von einer zurückliegenden Scheidung und von Traurigkeit. Auch Hilde öffnete sich und erwähnte ihre Sorgen.

Dann ging es Schlag auf Schlag. Sie war jung und in Not. Und vor allem hatte sie Zugang zu Personalakten, wichtigen Dokumenten und privaten Notizen in den Räumen, die sie säuberte. Sie heuerte an, bekam finanzielle Spritzen und fragte nicht lange nach dem Wenn und Aber. Ihre Mutter wurde in einem Heim untergebracht, wo es ihr mit Leidensgenossinnen verhältnismäßig gut ging. Hilde besuchte sie und sorgte mit kleinen Aufmerksamkeiten und Geschenken, an die man sonst nicht so herankam, für ordentliches Wetter. Kurzum, sie arbeitete sich ein und wurde zu einem verlässlichen Faktor, lieferte wertvolle Hinweise. Und eines Tages machte sie Fischbach zu seiner Sekretärin, weil sie sich mit den Jahren Kenntnisse angeeignet hatte, die über das übliche Maß hinausgingen.

Und irgendwann nach der Wende hatte Fischbach sie reaktiviert. Als nunmehr Arbeitslose bekam sie kaum noch Putzjobs; Jüngere hatten sie ausgebootet.

Was hatte sie heute denn schon getan? Eine Laube gereinigt. Müsste sie sich Vorwürfe machen? Die Stütze reichte nicht...

„Trinken wir dann noch einen Absacker?" meldete sich Kuhlbrodt versöhnlich. Hilde sah ihn an. „Na ja, gut, Norbert", sagte sie.

In Kuhlbrodts Gemüt kehrte die Zufriedenheit zurück. Schon lange hatte er ein Auge auf die stille dunkelblonde Hildegard geworfen und konnte sich mit ihr keine Reibereien leisten. Sie agierten oft zusammen; das hatte sie einander näher gebracht. Doch Hilde war etwas problematisch, schien es Kuhlbrodt. Sie wirkte häufig distanziert und missdeutete seine Komplimente, obwohl er es ernst meinte. Offenbar hatte Hildes Kinderlosigkeit sie verbittert. Dabei musste er ihr vieles danken.

Damals, in den Achtzigern, war es ihm gut gegangen. Er hatte weiße Hemden und Levi's Jeans getragen und rauchte Marke Club. Sein Vater besaß eine gut gehende kleine Gemäldegalerie, die Mutter eine Boutique für Damenbekleidung. Es hatte an nichts gemangelt, auch nicht an D-Mark. Künstler gaben sich in ihrem Haus die Klinke in die Hand; das schaffte Beziehungen. Und Norbert selbst studierte nicht nach dem Willen seiner Eltern, sondern hatte sich als Lagerarbeiter verdingt, einer Tätigkeit, der er nicht immer gewissenhaft nachging und seinen Ruf als nassauernder Casanova weiter festigte. Und in einem Lokal hatte er damals Hilde kennen gelernt. Sie war nicht auf ihn hereingefallen, hatte ihn heruntergeputzt, sein fadenscheiniges

Leben auseinander genommen. Norbert beeindruckte das schwer. Doch er hatte getrunken und verschob die Nabelschau auf später.

Eine Woche danach wurde er in eine Messerstecherei mit Libyern verwickelt, die sich in den Bars herumtrieben. Natürlich war es wieder um ein Mädchen gegangen. Die Polizei nahm ihn mit; dabei trat alles zutage. Sein häufiges Fernbleiben von der Arbeit, das Blaumachen, und dummerweise fand man Gras bei ihm. Er konnte es sich selbst nicht erklären.

Bei all dem war auch die Stasi gleich vor Ort und mischte sich ein. Sie observierte Kuhlbrodt senior längst; im Übrigen hatte er auch einen Ausreiseantrag am Laufen. Da wollte die Firma Norbert ans Leder. Bautzen und zwei Fliegen mit einer Klappe.

Doch Hilde war eine aufmerksame Sekretärin. Es ging damals alles über Fischbachs Tisch. Sie erkannte Norbert wieder und legte ein Wort für ihn ein, eine Möglichkeit, dass er etwas gutmachen könnte, informell...

Und Norbert Kuhlbrodt war froh gewesen, noch halbwegs heil aus der Sache herausgekommen zu sein. Seine Eltern durften schließlich ausreisen. Ihr Besitz wurde konfisziert. Hilde und er wurden Freunde.

Nach der Wende blieb er immer mit ihr in Kontakt, wurde Kraftfahrer und eröffnete schließlich eine winzige Autowerkstatt. Dem ermüdenden Fernverkehr schwor er damals ab, nachdem Hilde ihm plötzlich das neue Ziel der Zellen offerierte. Auch er hatte keine Familie gegründet. Und irgendwann würde sie sein Werben schon erhören. Die alten Zeiten waren ein für allemal vorbei, und die beruflichen Chancen schwanden...

Kurz vor zwanzig Uhr betrat ich die „Kutsche". Weikert war schon da, saß in der Ecke an einem Tisch. Er trug Jeans, einen lässigen Pullover und hatte wohl schon die Gäste sondiert. Ich setzte mich zu ihm. Er bestellte Biere. Wir schwiegen eine Weile und tranken. „Ich habe die Sonntagszeitung gelesen", sagte ich leise.

„Gibt's was Neues?"

„Toter Geschäftsführer im Gewerbepark! Der Aufmacher. Das war doch sicherlich Golombek."

„Das war er", sagte Weikert. „Sah ganz nach Raubmord aus. – Aber zunächst möchte ich wissen, ob du dich festgelegt hast, Konrad."

„Ich denke schon."

„Wie ist deine Entscheidung?"

„Ich werde einsteigen", sagte ich.

„Der Grund?"

„Wieso Grund?"

„Wann und warum hast du dich so entschieden?"

„In den letzten Tagen. Ich habe drüber nachgedacht. Eure Motive sind nachvollziehbar. Ich sehe das ein. Die Ursachen meines Entschlusses liegen in den Missständen, die ihr zu Recht anprangert. Aber der Anlass", ich beugte mich vor, „ist der, dass man mir mein Fahrrad geklaut hat."

Rainer lächelte gequält. „Ein merkwürdiger Anlass. Wo hat man's geklaut?"

„Vorm Hallenbad." Ich umklammerte zornig mein Bierglas.

„War's nicht angeschlossen?"

„Doch. Das Schloss lag noch da. Bolzenschneider."

„Dann bekommst du ein neues", sagte Weikert ungerührt.

„Das Rad war das Einzige, was mir noch übrig blieb. Ein gutes, mit Nabendynamo."

„Du kriegst ein doppelt so teures Rad, kein Problem."

„Heutzutage ist ja nichts mehr sicher", sagte ich.

„Diene unserer Sache. Es geht nicht um ein Rad." Weikert reichte mir die Hand und wir besiegelten den Deal.

Am Montagvormittag saßen sich Kommissar Gollan und sein Assistent Sehm im Büro der Mordkommission gegenüber und stocherten in chinesischen Nudeln. „Scheiß Presse", murrte Gollan.

„Das war nicht zu verhindern", sagte Sehm. „Wenn da so ein Schmierfink den Polizeifunk abhört…"

„Na, egal, fassen wir mal zusammen, Lutz. Drei Todesfälle an einem Wochenende sind ein bisschen viel. Da kommt 'ne Menge Arbeit auf uns zu. Was haben wir?" Er schob die Speise weg.

„Knut Golombek, Geschäftsführer der „Wemaba", verheiratet, keine Kinder. Gelernter Betriebswirt. Politisch inaktiv. Eigentümer eines Grundstücks. Todesursache Genickbruch, mehrere Frakturen, hervorgerufen durch eine Kollision mit einem Fahrzeug. Todeszeitpunkt circa siebzehn Uhr. Keine Zeugen."

„Er lag auf dem verlassenen Parkplatz", sagte Gollan. „Das war kein Versehen. Kein Unfall. Mach weiter."

„Wilfried Schneidereit. Ehemaliger Telekommitarbeiter, jetzt Rentner. Verheiratet. Zwei erwachsene Söhne. Besaß eine Garage an der Parkstraße. Wurde in seiner Wohnung aufgefunden. Todesursache Ersticken, offenbar durch eine Plastiktüte. Zeit ebenfalls siebzehn Uhr. Anwohner berichteten von einem Arzt, den man um diese Zeit in das Haus eilen sah, der dann aber wieder verschwand. Weißer Kittel, Brille, eben typisch. Aber er war mit keinem Arztwagen da, stieg in einen Opel. Die Nummer hat sich keiner gemerkt."

„Das Schloss ist unversehrt?"

„Ja, er muss den Täter, ob das nun der Arzt war oder nicht, eingelassen haben. Entweder hat Schneidereit ihn gekannt oder er hat ihm vertraut."

„Der dritte?"

„Gerhard Briesewitz. Rentner und Witwer. Gelernter Maschinenschlosser, später Genossenschaftsbauer und dann beim MfS beschäftigt…"

„Wie bitte?" fragte Gollan.

„Nun ja, beim MfS. Das ist aktenkundig. Der war mal Dienststellenchef. Und seit der Wende ein paar Jahre gelegentlich Regalauffüller in Supermärkten, alles angemeldet."

„Weiter!"

„Eine Tochter. Briesewitz war Eigentümer einer Laube, in der man ihn auch fand. Im Sommer hauste er dort. Er lag auf dem Bett im hinteren Raum. War herzkrank. Vermutlich Infarkt. Der Fernseher lief, als am nächsten Morgen ein Nachbar seinen Garten aufsuchte. Todeszeitpunkt am Freitag gegen dreiundzwanzig Uhr."

Gollan lehnte sich zurück. „Also ein Unfall mit Fahrerflucht. Dann ein Mord mit Plastiktüte. Aber der Gartenfreund hatte einen Infarkt. Das kann ja nun wirklich passieren. Und das alles am Freitag."

„Vielleicht Zufall", sagte Sehm.

„Hat man die Schneidereits bestohlen?"

„Es fehlt nichts außer einer kleinen afrikanischen Skulptur, sagt seine - Witwe."

„War sie besonders wertvoll?"

„Nein."

„Also, Lutz, lass die Mitarbeiter der „Wemaba" befragen und Golombeks Frau, ob er Feinde hatte. Dann rede selbst noch mal mit Schneidereits Frau, wenn sie sich etwas beruhigt hat, und mit den Nachbarn. Die Spusi hat Fingerabdrücke genommen, ja? Ruf die Arztpraxen an, die am Freitag Einsatz hatten. Ich werde in diese Gartensparte gehen und dort herumforschen, obwohl ich mir von dieser Sache nichts verspreche." Sehm erhob sich und wandte sich zum Gehen. „Warte noch", sagte Gollan. „Was hältst du von dem Ganzen?"

„Du meinst doch nicht etwa, dass es da einen Zusammenhang gibt?" Gollan überlegte. „Mich irritiert zweierlei."

„Was?"

„Diese Siebzehnuhrgeschichte. Diese Duplizität."

„Kann Zufall sein. Und was noch?"

„MfS. Das gibt mir auch zu denken."

„Aber dieser Briesewitz war herzkrank. Dazu lief nachmittags das Spiel gegen die USA. Vielleicht hat er sich zu sehr aufgeregt." Gollan überlegte. „Ja, das Spiel lief nachmittags. Und der Infarkt erwischte ihn um dreiundzwanzig Uhr. Regt man sich so viele Stunden nach dem Spiel auf?" Sehm zuckte mit den Schultern.

„Egal", sagte Gollan, „ich werde mich da umsehen."

Am Montagabend traf ich Weikert erneut in einem anderen Lokal; wir saßen im Freien an einem Gartentisch. „Ich möchte dich über Einzelheiten informieren", begann Weikert. „Doch zunächst eine Festlegung von mir: Wie bereits erwähnt, wirst du mitarbeiten

78

unter strikter Geheimhaltung. Absolut niemand von unserer Gruppe darf von deiner Existenz wissen. Wir kennen uns alle schon lange. Neulingen vertraut man besser nicht, ist die Meinung. Kader werden anders angeworben. Also, ich gebe dir Aufträge, du wirst sie unauffällig mit deinem neuen Rad erledigen. Ein Wagen ist jetzt fehl am Platz."

„Meinem Rad?"

„Es steht dort drüben." Weikert deutete mit einem Kopfnicken in die Richtung. Auf der anderen Wegseite lehnte es an einem Laternenpfahl. „Es ist angeschlossen." Weikert griff in die Hosentasche und legte mir den Schlüssel hin.

„Mensch, Rainer, danke!"

„Schon gut. Hör jetzt zu. Wir - sind nach außen hin tatsächlich eine Firma, die Wohnungen vermietet. Wir müssen etwas tun, um nicht aufzufallen. Und wir müssen unseren Lebensunterhalt bestreiten."

„Ist mir schon klar", sagte ich.

„Und wir haben auch genügend Geld, um gewisse Dinge zu finanzieren. Also mach dir keine Sorgen um deine Zukunft. Such dir aber trotzdem so langsam mal eine – geringfügige Beschäftigung. Das ist besser so." Weikert lehnte sich zurück. Wir bestellten ein zweites Bier. „Hast du Fragen?" wollte er wissen.

„Ja, schon. Du hast mir gestern auf dem Heimweg schon einiges mitgeteilt. Von Hebestreit und den anderen…"

„Bitte etwas leiser", mahnte Weikert und sah beiläufig zu den Nachbartischen. „Also was?"

„Dieser Kannegießer, dieser Vertreter…"

Weikert lächelte. „Ach der. Der war mal Biologe. Das ist eine interessante Geschichte. Ist schon lange her. Kannegießer ereilte das Schicksal bei einem Kongress von Berufskollegen. Da waren auch welche von drüben dabei. Wir beobachteten natürlich die Sache. Bei diesem dreitägigen Treffen verliebte er sich in eine Frau aus dieser Branche. Sie wohnte in Hildesheim. Das Dumme war nur, er war verheiratet und hatte Kinder. Wir fotografierten die beiden in einer eindeutigen Situation und zeigten ihm das Bild, bevor es seine Frau zu Gesicht bekommen konnte. Fortan arbeitete er für uns. Der Kontakt nach Hildesheim blieb bestehen, brieflich. Das haben wir natürlich unterstützt."

„Ging das gut?"

„Seine Frau verließ ihn zwei Jahre später aus anderen Gründen. Er war enttäuscht und blieb bei uns. Er ist verlässlich."

„Das war Erpressung."

„Wenn einer Scheiße baut, kann man ihm doch eine neue Chance geben. Was meinst du, wie das in anderen Ländern läuft? Da waren wir Waisenknaben."

Wir schwiegen. „Du bist also liiert?" fragte ich dann plötzlich. Weikert sah überrascht auf. „Ja, das sagte ich schon."

„Wer ist sie? Weiß sie von deiner Tätigkeit?"

„Konrad", sagte Weikert mit Nachdruck, „lass sie mal aus dem Spiel."

„Was hast du herausbekommen, Lutz?" fragte Gollan.

„Golombek war nur bei der Belegschaft unbeliebt. Zu harte Bandagen. Freitags war er immer etwas länger da, Papierkram, was weiß ich. Womöglich war's ein Racheakt; wir untersuchen die Wagen der Beschäftigten. – Aber Schneidereit war geachtet. Allerdings sagte seine Witwe, er hätte ihr gegenüber einmal erwähnt, dass sich in der Villa bei seiner Garage merkwürdige Dinge ereignen."

„Was für Dinge?" fragte Gollan.

„Das konnte sie nicht genau sagen. Dort brenne nachts Licht. So Zeugs eben."

„Was trieb dieser Schneiderei nachts da?"

„Er hat es bemerkt, als er seinen Wagen von Besuchen bei einem seiner Söhne in die Garage schaffte."

„Dann statte dieser Villa einen Besuch ab und stelle Fragen."

„Wie war's bei dir, Kurt?"

„Nun, recht merkwürdig. Ich befragte zunächst noch einmal die Nachbarn. Auch den, der Briesewitz gefunden hatte."

„Wie ist der überhaupt in die Laube gekommen?"

„Er besaß einen Schlüssel. Die beiden waren befreundet. Am Samstagmorgen lief wie schon erwähnt immer noch der Fernseher. Da ist der Nachbar rein und rief unsere Truppe an."

„Und weiter?"

„Ich sah mich ein wenig um. Mir fiel der blitzblanke Wasserhahn auf. Alles wirkte sehr ordentlich, zu ordentlich. – Aber auf dem Fensterbrett fand ich einen Aschenbecher. Und es roch ein bisschen nach Zigarettenqualm. Der Nachbar behauptete auf meine Frage hin, dass Briesewitz Nichtraucher gewesen sei, schon viele Jahre. Wegen des Herzens. Da rief ich die Spurensicherung an."

„Du meinst, er hatte womöglich einen Gast?"

„Vielleicht. Schade, dass aber auch keiner was gesehen hat. Und jetzt kommt's: Die Spusi fand keinerlei Fingerabdrücke, selbst die von Briesewitz nicht, außer auf dem Aschenbecher. Man kann davon ausgehen, dass jemand wirklich alles abgewischt hat,

Stuhllehnen, den Wasserhahn, Türklinken, als wäre Briesewitz durch Wände gegangen."

„Dann hat dich deine Nase nicht getäuscht. Da ist was faul", sagte Sehm.

„MfS", sagte Gollan. „Vielleicht hat's damit was zu tun. Die waren schon immer ein unklarer Haufen. Na ja, ich hab dem Nachbarn meine Karte dagelassen. Die Tochter ist inzwischen informiert. Den Schlüssel hab ich ihm abgenommen. Wir haben die Laube mit neuen Schlössern versehen und versiegelt. Auch das Klo. Da sind zwar nur Werkzeuge und Angeln, aber sicher ist sicher."

Am Dienstagnachmittag passte mich Weikert ab, als ich mit dem neuen Rad eine Riemenrunde drehte. Er war mit einem Supermarktplastikbeutel unterwegs. Es mutete etwas lächerlich an, doch diente es wohl der Tarnung. Er zog mich beiseite. „Konrad, die Kripo war bei uns."

„In der Villa?"

„Keine Sorge. Man beehrte uns wegen eines Garagenbesitzers."

„Doch nicht etwa der…"

„Doch, genau der. Dem das hier bei uns alles verdächtig vorkam."

„Hat er etwas gemeldet?"

„Vermutlich nicht. Jetzt ist er tot. Sie haben Fragen gestellt, weil er seine Garage hier hatte. Wir konnten allerdings nichts dazu sagen."

„Er ist tot?"

„Ja. Er wurde für uns eine Gefahr."

„Ach", entfuhr es mir. Weikert blieb gelassen. „Wenn man irgendwann etwas von dir wissen will, weil irgendein Rentner dich mit dem Rad gesehen hat und sich wichtig machen will mit Hinweisen, weißt du von nichts, klar?" Ich nickte. „Wie ist er gestorben?"

„Er bekam keine Luft mehr." Weikert machte eine Handbewegung.

„Wer hat denn das ausgeführt?"

„Unser Doktor."

„Welcher Doktor?"

„Den betrauen wir mit Spezialaufgaben. Hör zu: es ist schon ein bisschen viel an Information, was ich dir zumute. Du gehörst ohnehin nicht zum inneren Kreis. Halte dich zurück. Morgen bekommst du einen ersten Auftrag. Und es bleibt geheim." Weikert sah mich eigentümlich an. „Bedenke, dass wir nicht zimperlich sind. Das Ganze ist gefährlich und erfordert Mut und keine Kompromisse." Ich überlegte. Golombek, Schneidereit... „Habt ihr Briesewitz...?" Weikert nickte. „Es konnte nicht so weitergehen."

„Davon stand nichts in der Zeitung."

„Diese Sache sieht auch ganz anders aus. Das haben die nicht aufgebauscht. - Also, morgen siebzehn Uhr wieder hier. Und Schluss jetzt."

Ich schwang mich wieder auf das neue Rad und begann über den „Doktor" nachzudenken. Normalerweise nennt man einen Doktor ja heuer Arzt. Nur früher war das nicht so. ‚Gleich kommt der Doktor', sagte man. Das klang immer sehr beruhigend, und die Symptome des Gebrechens begannen schon bei dieser Ankündigung zu verschwinden. Das verhieß schnelle Hilfe, Väterlichkeit, Vertrauen. Man sah eine Brille und fachmännisches Handeln, so wie bei Dr. Dreyfus aus dem Film „Irma la Douce".

Doch je weiter man zurückging, desto finsterer wurden die Assoziationen. Mir fiel Dr. Crippen ein, der Arzt, der seine Frau vergiftet, zerstückelt und vergraben haben sollte. Und schließlich dachte ich an Dr. Josef Mengele, den „Todesengel von Auschwitz"...

Anderntags bekam ich Instruktionen zu meinem ersten Fall. Ich traf mich mit Weikert in einem nahe gelegenen Park. Er hatte zwei Flaschen Bier mitgebracht. „Pass auf", sagte er, „du wirst eine Mitarbeiterin des Arbeitsamtes observieren. Sie heißt Irene Flörchinger, ist 55 Jahre alt und sitzt im dritten Stock, Zimmer 314. Wohnhaft Lerchenweg 9. Sie besitzt dort mit ihrem Mann ein Haus. Ihnen geht's gut. Sie haben eine Tochter, die in New York arbeitet und mit einem Amerikaner verheiratet ist. Der wird es nichts ausmachen, wenn irgendwo in Deutschland eine Frau zu Tode kommt, die ohnehin nur sporadisch mit ihr in Kontakt tritt."

„Ihr wollt sie umbringen?"

„Ja."

„Was hat sie gemacht?"

„Sie hat Jobs verschoben. Wir haben Bewerber zu ihr geschickt, arme Schweine, die was verdienen wollten, um irgendwie zu überleben. Sie hat sie abgelehnt. Wir haben das beobachtet. Diese Jobs bekamen schließlich Leute, die sie persönlich kannte. Das nenne ich Missbrauch, Vetternwirtschaft."

„Und was soll ich tun?"

„Du wirst ihre Wege verfolgen. Wann sie Feierabend macht, von Montag bis Freitag, was sie samstags und sonntags treibt, ihre Gewohnheiten auskundschaften. Was sie im Supermarkt kauft.

Schreib die Zeiten minutiös auf. Trifft sie häufig Freundinnen? Haben sie einen Hund? Ich will alles wissen. Wann sie um welche Zeit den Müll rausbringt, ob sie manchmal auf den Friedhof geht, in ein Lokal oder sonst wohin, wann sie schlafen gehen, wie ihre Ehe läuft, einfach alles, Zeit, zwei Wochen."

„Und dann?" Weikert sah mich nur an und schüttelte den Kopf.

„Hier", sagte er und gab mir fünfhundert Euro. „Vorschuss."

Noch am selben Tag trieb ich mich in den Räumen des Arbeitsamtes herum. Ich lief vor dem Zimmer 314 hin und her und tat, als ob ich dort genau wüsste, wohin ich zu gehen hatte. Schließlich kam auch diese Irene heraus. Sie war blond und hatte strenge Augen, wollte wohl auf die Toilette. Sie warf ihr Haar zurück, und ich beobachtete ihren Gang. Durchaus eine attraktive Person. ‚Nun', dachte ich, ‚sie hat schöne Beine, ist 55, hat ein Haus. Ihr geht's gut. Darum wirft sie auch ihr Haar zurück. Sie weiß, wer sie ist.'

Die Flörchinger verließ zeitig die Behörde und stieg in einen Ford Fiesta. Sie fuhr unverzüglich in den Supermarkt. Ich ging ihr nach. Sie kaufte Makkaroni, Toast, Butter, einige Büchsen Fisch und Wein.

Ich blieb dran. Sie parkte den Wagen vor ihrem Haus, nahm die Einkaufsbeutel und ging hinein. Zumindest kannte ich jetzt die Örtlichkeit.

In der Dunkelheit wagte ich einen erneuten Vorstoß. Doch es dämmert spät im Sommer; ich würde wohl nicht mehr viel mitbekommen. Ich schlenderte am Haus Nr. 9 vorüber und rauchte eine Zigarette. Sie hatten ein schönes Anwesen.

Ich fragte mich, was diese Irene in ihrem Büro den Tag über trieb außer Kaffee trinken, irgendwelche gescheiterte Existenzen vertrösten und die Jobs an ihre Bekannten verschieben, um dann in ihr Haus mit Vorgarten zurückzukehren und dem Ehemann vorzujammern, wie hart dieser Tag wieder gewesen sei, vor allem freitags, denn ich wusste, dass diese Schwerarbeiter dreizehn Uhr den Schreibtisch verschließen und ins Wochenende gehen. Ich stellte mir ihren Arbeitsplatz im Büro vor, mit einem Joghurt und einer Banane neben dem Computer, mit dem gerahmten Konterfei des Gatten und natürlich dem ihrer Tochter vor der Kulisse Manhattans, den Ansichtskarten an der Wand mit den Urlaubsgrüßen der Kolleginnen, die es sich nicht nehmen lassen konnten, zu berichten, wo sie ihren Fuß hingesetzt hatten, um im internen Wettbewerb der Eitelkeiten mitzuhalten. Mir wurde übel, als ich in das erleuchtete Fenster blickte, und ich beschloss, die Beschattung später weiterzuführen.

Zwei Wochen später konnte ich Weikert im Park Bericht erstatten. Die Flörchinger traf sich jeden Freitag mit Freundinnen in einer Bar, von der sie allein zurückkehrte. Gewöhnlich nahm sie den Bus, denn ihr Mann holte sie nicht ab.

„Das kommt uns entgegen", bemerkte Weikert. „Dein Auftrag ist erledigt. Ich setze mich in Bälde mit dir in Verbindung." Er steckte mir einen Umschlag zu.

„Wird es der ‚Doktor' erledigen?" fragte ich vorsichtig.

„Konrad, du musst nicht alles wissen. Übrigens weiß keiner von dir. Ich hab den Genossen mitgeteilt, dass ich das selbst ermittelte."

An diesem Abend betrank ich mich zu Hause.

Am nächsten Samstagmorgen wurde Irene Flörchinger stranguliert aufgefunden.

Der nächste Auftrag bescherte mir den Chef einer Firma, der seine Angestellten wiederum schlecht behandelte, unterbezahlte und sie wegen geringster Vergehen hinauswarf. Auch diesmal war es leicht, seine Marotten und Gewohnheiten zu sondieren; er war ein Lebemann, hatte auch ein Haus und besaß doch tatsächlich einen Swimmingpool, aus dem ihn ein maskierter Besucher an einem Abend nicht mehr an den Rand des Beckens ließ. Seine Frau weilte auf einem Lehrgang und er hatte zu Hause dem Alkohol gefrönt. Ein Unglücksfall.

„Ich bin mehr als zufrieden mit deiner Arbeit, Konrad", eröffnete mir Weikert bei einem Treffen. „Es läuft, auch bei den anderen, moschno skasatch. Fischbach hat Prämien verteilt. Ich bin in der Hierarchie ein wenig aufgestiegen wegen der Erfolge. Das habe ich auch dir zu verdanken." Er übergab mir wieder einen Umschlag. „Allerdings ruft das den Neid der Genossen hervor; ein altes Lied, was nie verstummen wird. Nun gut, man muss damit leben."

„Ich dachte, ihr zieht an einem Strang", sagte ich.

„Das schon, aber Neid wirst du nie aus den Menschen herausbekommen. Da ist nichts zu machen. Der Wettbewerb ist selbst in den intimsten Bruderschaften fest verankert."

„Das führt doch zu Feindschaft", sagte ich.

„Mitunter. Aber Fischbach ist ein guter Chef. Er wittert, wenn sich derlei entwickelt."

Im Park lief ein Paar vorbei, im Schlepptau den kleinen Sohn auf einem Roller. Wir sahen ihnen zu und schwiegen. „Was ist los, Konrad? Du bist etwas wortkarg."

„Ich dachte im Moment an einen Mieter in unserem Haus, der mir Probleme bereitet. Er stößt sich daran, dass mein Rad im ehemaligen Waschhaus steht."

„Und?"

„Es gibt keine Einigung. Mein Keller ist zu klein."

„Setz dich durch."

„Er ist dermaßen stur. Die andern sind auf seiner Seite."

„Wohl eher ein Problemchen. Ich muss schon sagen, Konrad."

„Könnte man da nicht etwas Konkreteres tun, Rainer?"

Weikert wurde ernst. „Konrad, wir haben ein Ziel. Wir geben uns nicht mit fadenscheinigen Dingen ab. Und wir dürfen nicht auffliegen und können nicht jeden eliminieren, der irgendwem quer im Magen liegt. Schlag dir das aus dem Kopf. Ich will keine Selbstjustiz. Das musst du anders klären."

„Aber ihr macht das genauso", begehrte ich auf.

„Da irrst du dich. Es gibt einen gewaltigen Unterschied. Wir verfolgen politische weitreichende Ziele."

„Vielleicht hast du Recht", lenkte ich ein.

Fischbach hatte zum wöchentlichen Rapport seine Truppe in die Villa bestellt. „Kurze Bilanz. Ich muss dann schon wieder weg. Mario?"

„Letzte Woche wurden im Bezirk dreiundzwanzig Leute untergebracht", sagte Pasold, „die Methoden waren verschieden. Bei meinem Auftrag habe ich den zwei betroffenen Erwerbslosen mittels kompromittierender Fotos die Stelle verschafft. Der Chef der Leiharbeitsfirma hat ein wenig Angst, dass seine Ehefrau davon Wind bekommt. Nun, er wird sich ruhig verhalten. Zusammenfassend: Fünfzehn Männer und acht Frauen können ihre Familien wieder besser ernähren. Insgesamt profitieren davon sechsundsiebzig Leute."

„Sehr gut, Pasold. Rainer?" Fischbach wandte sich an Weikert.

„Abgesehen von unserer Firma gelang es, achtundvierzig Haushalten eine neue Wohnung zu verschaffen. Die Wohngeldstelle wird auch zahlen. Die Größen der Räumlichkeiten sind angemessen. In meinem Fall bewarb sich eine Familie und ein lediger Soziologe um eine Mansarde. Der Genossenschaft war klar, dass der Soziologe pünktlich seine Miete zahlen würde, und sie war im Begriff, ihm den Zuschlag zu geben. Die zuständige Mitarbeiterin der Genossenschaft hat dann kurz vor Ultimo anders entschieden – auf Betreiben unsererseits. Wir mussten erst ihre Post abfangen und haben sie auf ihrer Arbeit angerufen."

„Hm." Fischbach nickte zustimmend. „Jürgen? Wie läuft das mit den Ämtern?"

„Wir machen zurzeit keine großen Fortschritte", räumte Hebestreit ein. „Die Angestellten wechseln zu oft. Dieser Wahnsinn hat Methode. Kein Mensch findet auf Dauer einen Berater, der Probleme ernst nimmt. Der neue weiß nichts, fängt mit dem ganzen Mist von vorn an und die Fristen verlängern sich so, dass fast die Hälfte der Bittsteller aufgibt. Außerdem fällt es uns schwer, schnell Informationen zu sammeln…"

„Jürgen", unterbrach Fischbach, „genug. Spannt die Reinigungsdienste mehr ein. Ich werde dir noch einen Insider zur Seite stellen, nur für zwei Wochen. Wir machen mal was anderes. Entfachen von Mobbing." Er wandte sich an den

Nächsten. „Ewald, hast du Ergebnisse?"

Dombrowski rückte sich auf seinem Stuhl zurecht. „Nun, ich will mal so sagen, es gibt eine steigende Tendenz zu Protesten. Ich muss es so formulieren: Es gibt dennoch viele, die sich nicht mehr mit Ablehnungen, falschen Bescheiden und gewissen Umständen abfinden. Es wird mehr aufbegehrt, Einspruch erhoben. Die Zahl der Klagen und der Gegenwehr nimmt zu. Dort könnte man den Hebel ansetzen. Und unsere Leute in den Selbsthilfegruppen müssen noch mehr tun, um die Motivation zu erhöhen, Entscheidungen zu treffen, die soziale Belange betreffen."

„Das ist eine Idee, die wir aufgreifen, Ewald. – Offensichtlich findet es niemand in diesem System auffällig, dass manche verfahrene Lage plötzlich einen Ausweg bietet. Man schiebt es anscheinend auf gütige Beamtenseelen und dergleichen, wenn mal was klappt, womöglich noch auf eine glückliche Fügung. Wann begreift diese graue, verblödete Masse endlich?"

Fischbach griff brüsk nach einer Zeitung. „Abschließend zitiere ich eine frische Meldung: Eine beispiellose Serie von Morden erschüttert in diesen Wochen die Stadt. Eine mögliche Verbindung sucht man zu ähnlichen Vorfällen in umliegenden Orten. Die Polizei war bisher zu keiner klaren Stellungnahme bereit…" Er sah in die Runde.

„Irgendwas ist hier im Gange", sagte Gollan. „Wieso erwürgt man eine Mitarbeiterin des Arbeitsamtes?"

„Aus Zorn über ihr mangelndes Engagement. Ein Arbeitsloser, Abgewiesener."

„Lutz, nicht auf diese Weise, das glaube ich nicht. Jedenfalls passiert erstaunlich viel in letzter Zeit. Ebenso dieser Tote im Pool. Wieder ein Firmenchef."

„Unter seinen Fingernägeln fand man Lackreste von den Poolfliesen. Auch er galt als unbeliebt."

„Verdammt, wo ist der Zusammenhang? Außerdem sind die Todesursachen so seltsam vielfältig. Gibt es Gemeinsamkeiten?" Sehm sah Gollan an. „Zählen wir auf: Geschäftsführer der Stücker zwei, eine Mitarbeiterin des Arbeitsamtes, ein Ex-MfSler, ein Rentner…"

„Der passt da nicht hinein", unterbrach Gollan. „Alle gingen einem wichtigen Job nach oder hatten einen inne, wenn wir das MfS dazuzählen. Was sagte noch die Schneiderei?"

„Dass er ihr einmal erzählt hätte, in der Villa neben den Garagen brenne nachts Licht."

„Was ist schon dabei?"

„Keine Ahnung. Jedenfalls kam zur Tatzeit ein Arzt. Aber keine der Kliniken hatte an diesem Tag einen Doktor zur bewussten Adresse geschickt. Das klingt auch verdächtig."

„Wie sieht denn das alles aus, Lutz?"

„Also, mir drängt sich der Gedanke auf, dass es einer auf die – wie soll ich sagen – Obrigkeit abgesehen hat. Nur dieser Schneiderei gehört nicht dazu. Womöglich ein unliebsamer Zeuge."

„Vielleicht waren's mehrere", sagte Gollan und überlegte. „Vielleicht ist das alles… Ich weiß auch nicht. – Sag mal, diese Villa, was ist das für eine Firma, die da ansässig ist?"

„Die vermieten Immobilien."

„Das scheint heutzutage jeder zu machen", sagte Gollan. „Wir müssen uns was einfallen lassen."

Aus heiterem Himmel meldete sich Frau Boysen bei mir. Sie hätte Kontakt zu einem befreundeten Schriftsteller aufgenommen und ihn überredet, mich bei dessen Lesung mit unterzubringen. Ich war erschrocken und begeistert. Sie würde auch zugegen sein. Ich könne eine meiner Kurzgeschichten vortragen, solle sogar den Anfang machen, sozusagen im Vorprogramm. -

Zwei Tage später saß ich abends im sanierten und umbenannten ehemaligen Kulturhaus neben Remo Keller, einem bärtigen Kriminalautor der Region, den man aber über die Grenzen hinaus kannte. Ich hatte mir Beruhigungspillen eingeworfen, um das Lampenfieber zu bekämpfen. Es war Neuland.

Vielleicht dreißig Personen, Frauen und Männer, auch ältere, hatten es sich um eine flache Bühne auf Stühlen bequem gemacht. Ein Organisator werkelte noch am Mikro.

Keller ließ mir die Ehre angedeihen, mich vorzustellen. Ich war erstaunlich ruhig geworden, erzählte noch etwas über meinen Werdegang und begann, meine Story ausdrucksstark herunterzuleiern. -

Sie handelte von einer Postkarte, die 1916 ein deutscher Soldat in der Sommeschlacht an seine Frau schreibt. Die Frau bekommt diese Karte und freut sich, dass er lebt. Doch zwei Wochen später fällt er.

1941 – im zweiten Weltkrieg – stirbt sie und ihr gemeinsamer Sohn Walter verfrachtet die wichtigsten Möbel der Mutter auf den Speicher seiner Wohnung. Beim Kramen findet er auch die Postkarte seines Vaters und behält sie. Walter hat ebenfalls bereits Familie. Er wird schließlich eingezogen und kommt nach der Ardennenoffensive verwundet nach Hause. Der Krieg geht vorbei, doch Walter erholt sich nie von einem chronischen

Husten, den er sich an der Front zugezogen hat. Er erliegt ihm. 1966 ordnet Walters Sohn Rolf den Nachlass seines Vaters und schmiedet Zukunftspläne. Es geht aufwärts im Land. Er macht abgehalfterte Sachen zu Geld, unter anderem auch alte Bücher und vieles mehr. In seinem Enthusiasmus übersieht er die Karte des Vaters, den dieser von seinem Vater hatte und übereignet sie einem Trödler.

1991 betritt ein Kunde zufällig denselben Kramladen und sucht Material vom Krieg, weil sein Sohn eine Hausaufgabe hat mit der Maßgabe, Zeitdokumente der Kämpfe zu finden, die das vergangene Zeitalter erschütterten. Er kauft genau die Feldpostkarte, die der deutsche Soldat im ersten Weltkrieg an seine Frau schrieb, ein vergilbtes Stück Pappe. Der Sohn verwendet die Karte im Schulunterricht.

2016 ist der Sohn des Mannes, der die alte Karte damals kaufte, schon erwachsen, verheiratet und hat selbst einen Sohn. Ihm fallen im Internet Käufer auf, die sich um Zeugnisse und Fotos vergangener Zeiten bemühen. Da er in seinen alten Schulsachen die Feldpostkarte wieder findet, setzt er sie ins Netz, in der Hoffnung, Gewinn zu machen. Seine Frau liest das Dokument und ist erschüttert, dass er es veräußern will.

Am nächsten Abend will der Mann von seinem Sohn wissen, was er in der Schule heute gelernt hat. Der Sohn antwortet, dass der Physiklehrer offeriert hätte, dass Energie nie verloren geht, sondern sich ständig umwandelt. Der Vater glaubt ihm, aber er versteht nicht, dass ihm in diesem Moment ein Gleichnis vor Augen geführt wird. -

Verhaltener Beifall erscholl von den Sitzen. Ich hatte es überstanden. Ein paar Leute sprachen miteinander und sahen dann wieder zur Bühne. Nachdem sich die Menge beruhigt hatte, trat Keller auf das Podium. Ich setzte mich auf einen freien Platz in der zweiten Reihe und hörte dem Autor zu, der seine Mordgeschichten verlas.

Doch nach einer Weile begann ich die Leute zu beobachten, die um mich herum saßen, indem ich meinen Blick flüchtig über sie streifen ließ. Und an einer Person blieb er hängen. Schwarzes Haar und dunkler Teint. Die Frau sah dann auch zu mir herüber und lächelte. Es war Stella Schönberg. -

Nach Kellers Lesung steuerte sie mich an und lud mich zu einem Kaffee ein. „Konrad, nicht wahr?" fragte sie.

„Ja. – Und du bist Stella. Wir sind zusammen zur Schule gegangen. Das gibt's doch nicht."

„Ich kann mich erinnern", sann sie nach. Und nach einer Pause: „Also was du heute hier abgeliefert hast, war gut. Ein Jahrhundert abzudecken... Bist du jetzt in der schreibenden Zunft?"

„Ach Gott, bis dahin ist es noch ein langer Weg", sagte ich. „Man kann sich glücklich schätzen, mal eine Lesung zu haben. Im Moment halte ich mich mit Gelegenheitsjobs über Wasser. Die Firmen gehen alle den Bach runter."

„Ja, es ist schlimm, ich weiß." Stella nickte. „Ich habe hier übrigens gleich um die Ecke einen kleinen Zeitungsladen."

„Das ist mir noch nie aufgefallen." Ich sah sie an. „Also, dass wir uns nach all den Jahren wieder treffen... Ich hab dich in der Schulzeit sehr bewundert. Und auch letztens mal an dich gedacht." Ich errötete ein wenig.

„Ach, wirklich?"

„Stella, nun tu nicht so. Dir sind doch alle hinterher gerannt. Du

94

siehst gut aus. Bist du verheiratet?"

„Liiert", sagte sie und lächelte wieder. Ich wurde neugierig. „Wer hat das geschafft? Kenne ich ihn? Ein Klassenkamerad?"

„Nein. Du wirst ihn nicht kennen. Er heißt Rainer Weikert." - Abends wollte ich zu Hause irgendein Möbelstück zerlegen, besann mich aber eines Besseren und betrank mich.

Beim nächsten Treffen im Park mit Weikert - es dunkelte bereits - sagte ich: „Ich lade dich heute mal in mein bescheidenes Heim ein. Wir müssen über was reden." -

Weikert sah sich in der Wohnung lange um. „Ich wollte nie hierher kommen. Das ist zu auffällig. Aber gut, was brennt dir unter den Nägeln?"

„Magst du ein Bier?" fragte ich.

„Warum nicht?" Wir setzten uns.

„Du bist liiert", sagte ich.

„Das ist bereits das dritte Mal, dass du mich danach fragst."

„Mit wem?"

„Das geht dich nichts an."

„Möglicherweise. Ich weiß, dass es Stella ist." Weikert wich das Blut aus dem Gesicht. „Woher weißt du es?"

„Ich hatte eine Lesung im alten Kulturhaus. Ich schreibe nebenher. Sie saß im Publikum. Wir haben geredet. Wir kennen uns schließlich."

„Was hat sie dir erzählt?"

„Langsam, Rainer. Damals war ich in der Schulzeit schwer in sie verknallt, und du hast gesagt, dass man warten müsse. Auf eine Gelegenheit. Auf die hast du wohl gewartet?"

Weikerts Gesichtsausdruck verdüsterte sich. Er schüttelte den

Kopf. „Alles war ganz anders", sagte er apathisch, „aber das ist eine lange Geschichte."

„Ich habe jede Menge Zeit. Erzähl sie mir." Weikert versank in Grübelei. Um es ihm leichter zu machen, brühte ich Kaffee und stellte noch eine halbe Flasche Whisky dazu. Dann sah er mich an. „Glaub mir: Wenn du es nicht wärst... - In meiner Zeit als Führungsoffizier, es war fünfundachtzig, war Fischbach schon mein Vorgesetzter. Er hielt große Stücke auf mich; ich konnte Erfolge vorweisen. Doch auch er hatte Chefs, und irgendwann wurde die Forderung laut, mich zu binden, eine Familie zu gründen. Auch Fischbach drängte mich vorsichtig.

Ich machte mir aus alldem nichts. Doch eines Tages lernte ich eine junge Frau auf einer der Feiern kennen, die wir abzuhalten pflegten. Sie gehörte logischerweise zur Firma, denn wir blieben stets unter uns. Ich wusste nur nicht, welche Funktion sie innehatte. Wir tanzten, kamen ins Gespräch. Wie sich später herausstellte, war es Stella. Ich hatte sie ja nie zuvor gesehen. Ich kannte sie nicht!"

Ich griff zum Whiskyglas und trank. „Das ist unglaublich."

„Die Welt ist klein", fuhr Weikert fort. „Wir empfanden Sympathie füreinander und kamen uns näher. Und ich erfuhr ihren Namen. Ich erinnerte mich da plötzlich an dich, Konrad. Mir fielen deine Schwärmereien wieder ein. Aber was sollte ich machen? Ich mochte sie. Sie war eine sehr schöne Frau, die sich ihre Partner aussuchen konnte. Schon immer, wie sie durchblicken ließ. Doch an die Schönen trauen sich nur die Erfolgreichen heran, die sich einbilden, alles haben zu können. Und Stella wollte auch viel. Und genau das wird diesen Frauen zum Verhängnis.

Sie erzählte mir dann ihre Geschichte. Stella hatte sich unter anderem 1982 einen westdeutschen Geschäftsmann geangelt, der ihr einiges zu bieten hatte. Sie verliebten sich; sie wollten nach einigen Besuchen in den Westen abhauen..."

„Ich hätte nicht gedacht, dass sie so ist", unterbrach ich Weikert.

„Die Dinge sind oft nicht so, wie man sie sich wünscht. - Der Firma war sie schon lange aufgefallen, wie sich später herausstellte. Sie ging in Bars; es wurde auf der Arbeit gemunkelt. Sie war damals noch Sekretärin in einem großen Kombinat. Das war nicht mehr tragbar; ihre Bude wurde verwanzt. Als das mit der Flucht ruchbar wurde, holten sie sie ab und drohten ihr Gefängnis an. Stella wurde eine Bettagentin. Der Geschäftsmann war Geschichte."

„Gott! Und seitdem seid ihr zusammen?"

„Nun, es hat noch Probleme gegeben, Konrad. Wie ich schon sagte, wir verliebten uns, und ich wollte, dass sie das aufgibt. Auch Stella war bereit zum Aussteigen. Ich war bei Fischbach. Er lehnte ab; sie sei zu wichtig. ,Wir wollen uns binden', sagte ich zu ihm. ,Es muss nicht die Schönberg sein', entgegnete er und wies mich ab. Ich ging nach Hause und überlegte, sprach mich mit Stella ab.

Doch auch ich war wichtig für die Firma. Es war schon schwer genug gewesen, mir vorzustellen..., na, ihr Leben, das sie führte. Damals geriet mein Bild ins Wanken. Dass ich sie nicht haben durfte, brachte mein Blut in Wallung. - Konrad, es tut mir leid, ich habe sie geliebt, ich wollte sie dort rausholen, diese Aufträge sollten andere tun. Ich fasste einen Entschluss und ging erneut zu Fischbach: Wenn unsere Liebe unterbunden wird, schmeiße ich hin. Dann könnt ihr mit mir machen, was ihr wollt. Er war erschüttert und konnte sich lange nicht beruhigen. Doch schließlich intervenierte er weiter oben und man gab sie frei. Seitdem sind wir liiert. Und sie - hat das nicht weitergemacht." Weikert erhob sich und ging zur Balkontür, schaute in die erleuchteten Fenster gegenüber. Dann drehte er sich um. „Was hat sie dir erzählt?"

„Wir haben über alte Zeiten geredet. Dass sie einen Zeitungsladen hat. Und ich wollte wissen, wer der Glückliche ist, der sie erobern konnte. Stella ahnt ja nicht, was ich jetzt für eine Rolle spiele."

„Das soll sie auch nicht erfahren."

„Weiß sie denn, was du jetzt tust?"

„Ja, sie weiß es. Aber…" Er unterbrach sich. „Was?" fragte ich. „Ach, nichts. - Ich werde jetzt gehen. Und das bleibt alles unter uns." Weikert gab mir die Hand und nickte. „Bis morgen."

Als ich die Wohnungstür hinter ihm geschlossen hatte, löschte ich das Licht und sah ihm nach, bis er meinen Blicken entschwand. In der Parktasche direkt vorm Haus stand ein einsamer Wagen. Gedankenverloren starrte ich in der Dunkelheit durch die Scheibe. Plötzlich konnte ich hinter dem Steuer eine Silhouette wahrnehmen. Die Gestalt wartete noch eine Minute, bevor sich die Tür öffnete und ein Mann den Wagen verließ. Er näherte sich langsam dem Haus. Ich wich etwas zurück. Der Mann ging bis zum Klingelbrett und zündete sich eine Zigarette an. Doch kurz darauf entfernte er sich, ging zurück zum Wagen, startete und fuhr davon.

„Wie sah er aus? Hast du das erkennen können?" Weikert wirkte hochkonzentriert. Wir saßen wieder im Park.

„Mittelgroß, schlank, sportliche Figur, kurzes, wahrscheinlich schwarzes Haar; er hat eine geraucht."

„Wie war sein Gang?"

„Hm, nun, irgendwie federnd…."

„Das muss Hebestreit gewesen sein", behauptete Weikert.

„Wie kommst du auf ihn? Das trifft auf viele zu."

„Hebestreit ist nicht blöd. Ich sagte dir doch, dass uns ein gewisses Konkurrenzgehabe innewohnt. Der Kerl beschattet mich. Kein Wunder. Bei meinen Erfolgen vermutet er einen geheimen Informanten."

„Geh doch zu Fischbach."

„Der hat andere Sorgen. Außerdem würde er in diesem Fall Hebestreit Recht geben."

„Was wirst du tun?"

„Ich breche den Kontakt zu dir vorübergehend ab. Wie ich dich wieder treffe, das lass meine Sorge sein. Und ich werde mit Hebestreit reden müssen. Der lässt nicht locker. Und such dir endlich einen Job, nur zur Tarnung. Kohle hast du ja jetzt genug. Du hörst von mir."

Es stimmte. Ich hatte genug Geld. Ich konnte in Lokale gehen und musste nicht nach dem Preis schielen, hatte mir ordentliche Klamotten gekauft und meiner Mutter ein paar nützliche elektrische Geräte geschenkt. Des Weiteren befand ich mich auf Freiersfüßen und schöpfte wieder Mut, in dieser Hinsicht etwas anzuleiern. Doch irgendwie ging mir Stella nicht mehr aus dem Kopf. Sie war auch jetzt schwer beeindruckend.

Die Tatsache, dass sie wusste, was Weikert trieb, brachte mich zum Grübeln. Und das „Aber" von Rainer auf meine Frage hin kam mir auch merkwürdig vor. Vielleicht wollte Stella nicht mehr, dass er diese Untergrundtätigkeit ausführte. Das schien mir logisch. Auch ich begann mittlerweile ein wenig am Sinn des ganzen Vorhabens zu zweifeln. Man lebte doch in ständiger Sorge. Jetzt noch die Sache mit Hebestreit…

Zwei Tage später fand erneut eine Besprechung der Mitglieder der Zelle statt. Weikert beobachtete Hebestreit unablässig. Dieser sprach in der Pause leise mit dem „Doktor". Doch als die Runde sich auflöste, bot sich Hebestreit als Aufräumer an und bat Weikert noch zum Bleiben. Als sich alle entfernt hatten, sagte Hebestreit: „Setzen wir uns." Weikert sah seinen Gegner an. „Hast du Fragen?"

„Sicher."

„Du verhältst dich in letzter Zeit etwas merkwürdig mir gegenüber", sagte Weikert.

„Allerdings. Wer zum Teufel ist Friedrichson?"

„Du spionierst mir nach, mir?"

„Wer ist er?"

„Ein Kumpel aus früheren Tagen."

„Er mischt mit. Deine Erfolge sind also nicht nur auf deinem Mist gewachsen."

„Bist du neidisch, Jürgen?"

„Das hab ich nicht nötig. Mir gefällt nur nicht, wie du dich mit unlauteren Mittel bei Fischbach beliebt machst. Du bist ja sein Liebling", sagte Hebestreit mit einem geringschätzigen Lächeln.

„Lass doch diesen Scheiß! Hier geht's nicht um Profilierung."

„Wer ist Friedrichson?"

„Er ist tatsächlich ein Freund von früher. Ich habe ihn als IM angeworben…"

100

„Das hättest du mit uns und mit Fischbach absprechen müssen."
Hebestreit sah Weikert zornig an. „Er ist ein Unsicherheitsfaktor.
Er wird uns gefährden. Wie konntest du so was tun?"

„Ich... Jürgen, er ist wirklich ein alter Freund und systemtreu..."

„Das geht so nicht." Hebestreit schlug mit der Faust auf den
Tisch. „Was ist mit der Konspiration?"

„Verstehst du nicht? Wir brauchen jede Unterstützung. Was
bewegen wir denn? Es tut sich nichts!" rief Weikert.

„Das sind zersetzende Äußerungen", sagte Hebestreit nach
einigem Nachdenken.

„Du drohst mir?" Weikert erhob sich.

„Nein, ich warne dich."

„Was sollen diese Scharmützel, Jürgen?"

„Ist schon gut. Beruhige dich. Aber kläre diese IM-Sache. Denke
an Fischbach."

Am nächsten Tag bat Weikert Fischbach zwanglos um einige
Tage Urlaub, den dieser bewilligte.

Freitagabend. Auf meinem Anrufbeantworter war eine Nachricht.
Ein regionaler Verlag hatte sich gemeldet und wollte ein oder
zwei Kurzgeschichten in eine Anthologie aufnehmen, natürlich
erst nach Sichtung des gesamten Materials. Ich war
überglücklich; offensichtlich begann man, mich ernst zu nehmen.
Möglicherweise hatte Frau Boysen meine Telefonnummer
weitergegeben, und auch dieser Remo Keller hatte vielleicht
seine Finger drin. Man brauchte eben Kontakte. Es musste wohl
ein Späher im Publikum gesessen haben.
Ich wollte es gleich Weikert mitteilen, obwohl er für derlei Dinge
kein offenes Ohr hatte. An einen Anruf war nicht zu denken; ich

besaß nur die Nummer der Immobilienfirma, die im Telefonbuch stand. Ich wusste nicht, wo Weikert wohnte. Mit einemmal wurde mir klar, dass mein Handeln zurzeit völlig von ihm beeinflusst wurde.

Ich trank ein Bier und überlegte. Im Grunde war es unerheblich, ob er von meinem seiner Meinung nach garantiert zweifelhaften Glück jetzt unbedingt erfahren sollte. Doch meiner Sturheit verdankte ich es, dass ich mich kurz vor sechs noch auf mein Rad schwang und den Zeitungsladen von Stella ansteuerte.

Sie sperrte gerade zu. Ihr Haar hatte sie hochgesteckt. Ich tat, als ob ich rein zufällig vorbeigekommen wäre. „Hallo, Stella!"

„Hallo, Konrad. Was treibt dich hierher?"

„Ach, ich dreh immer abends meine Runden. Das hält fit." Sie lächelte.

„Wie geht das, dass du immer noch so gut aussiehst?" kam es mir über die Lippen. Ich stützte mich lässig auf den Lenker.

„Ich weiß nicht", sagte sie. „Wenn du es so siehst, danke."

„Und jetzt geht's nach Hause", sagte ich ein wenig unbeholfen. „Hast du es weit?"

„Auch ein guter Versuch, herauszubekommen, wo ich wohne", sagte Stella spitzbübisch. „Ich glaube, ich werde dich mal meinem Lebensgefährten vorstellen."

Ich erschrak. „Ist vielleicht keine gute Idee. Er wird womöglich eifersüchtig."

„Ihr seid doch im selben Alter. Ich wette, ihr versteht euch gut."

Wieder drängte sich mir der Eindruck auf, dass sie Weikert durch diesen Winkelzug von seiner derzeitigen Tätigkeit abbringen wollte. Normalerweise müsste sie sich bedeckt halten. „Ich weiß nicht, später einmal."

„Angst?" fragte Stella.

„Nein", sagte ich vorsichtig.

„Nun, er ist ohnehin nicht da. Er ist verreist." Ich konnte kaum noch meine Aufregung verbergen. „Allein?" fragte ich indiskret.

„Ich denke schon, was weiß ich", sagte Stella. „Und bevor du hier weiter rumeierst, begleite mich." Sie zupfte mich am Arm. Ich stieg vom Rad, völlig betört, und schob es neben mir her.

Es war nicht weit. Drei Straßen weiter hielten wir vor einem großen Gebäude. „Das ist eine ehemalige Fabrik", sagte sie, „saniert, umfunktioniert. Wir haben hier ein Loft." Ich sah am Haus empor.

Stellas Haar glänzte in der Spätsonne. „Das Rad kannst du im Haus anschließen. Wir nehmen doch noch einen Absacker, oder?" Ich hatte das dumpfe Gefühl, dass sie mich verführen wollte; darin besaß sie schließlich Erfahrung. Ich kannte ihre Geschichte. Ich würde zwei Menschen hintergehen.

Oben ließ sie ihre Tasche fallen. Es war eine wunderschöne Wohnung. Sie verriet Stellas kreative Hand bei der Ausstattung.

„Wenn du willst, kannst du erstmal duschen", sagte sie. „Ich mach uns einen Drink. Im Badezimmer sind Tücher." Stella sprach das mit einer Lockerheit aus, die mich fast entsetzte. Unter der Dusche bekam ich eine Erektion, die mich ein wenig beruhigte. Offenbar hatte ich mich mit der Situation angefreundet.

Als ich fertig war, trat schon Stella ein. „Jetzt bin ich dran." Sie hatte ihr Haar geöffnet. Es fiel über ihre Schultern. Ich sah sie nur an und drängte mich langsam an ihr vorbei.

Im Wohnzimmer schüttete ich den Drink hinunter. Meine Gedanken eilten zurück zu Weikerts Offenbarung über Stella. Ich konnte ihn doch nicht betrügen. Aber sie... War nicht der Wurm drin in dieser Beziehung? Mir war es mittlerweile egal. Ich hatte schon lange keine Frau mehr gehabt. Und dass ich Stella verehrte, das stand außer Frage. Man lebt nur einmal.

Stella kam zurück. Sie hatte sich ein großes Badetuch um den Körper geschlungen und verschwand in einem anderen Zimmer. Später setzte sie sich zu mir auf die Couch, in einem schwarzen Kleid, das bis zu den Knien reichte. Sie duftete. Ich war überzeugt, das sie darunter nichts trug. Sie nahm ihren Drink.

„Wo ist er denn hingefahren?" fragte ich.

„Ich weiß nicht genau. Ins Ausland. Geschäftlich; er teilt mir das nicht in allen Einzelheiten mit."

„Das heißt, du weißt nicht, in welchem Land er sich aufhält?"

„Nein."

„Läuft eure Beziehung gut?" entfuhr es mir.

„Was meinst du, warum wir hier sitzen?" Sie bewegte ihr linkes Bein und verschränkte die Knie. Das Kleid rutschte etwas hoch. Diese Geste brachte mich total in Verwirrung. Ich fasste Mut und legte meine Hand auf ihren Schenkel. Stella holte tief Luft. Ich schob das Kleid bis zum Ende hoch. Sie zog mich zu sich herab, und wir küssten uns. Stella zerrte an meinem Gürtel und öffnete ihn. „Komm", sagte sie, erhob sich und entledigte sich rasch ihres Kleides, ging mir voraus in das Zimmer. Ich bewunderte Stella, ihr katzenhaftes Auftreten, ihre Nacktheit. Sie trug nur noch einen Tanga.

Ich fuhr aus der Hose, warf das T-Shirt zur Seite und die Shorts. Sie fiel auf das Bett und ich kam über sie. „Was hast du dir dabei gedacht?"

„Nichts und alles, Konrad. Du wolltest mich schon früher haben."

Ich strich Stella eine Strähne aus dem Gesicht und küsste sie, während sie mich mit ihren Armen umschlang. Langsam entwand ich ihr den Tanga und schleuderte ihn in den Raum. Plötzlich umklammerte sie mich und war über mir. Unsere nackten Körper berührten sich intensiv. Ihre Brüste waren warm.

Ich drehte sie um. Zärtlich küsste ich Stellas Körper von oben bis unten. Ich stellte fest, dass sie mich matt ansah und doch heftig atmete. Sie ließ sich fallen. Ich bemerkte, dass sie nicht so groß war, wie es mir vorher schien. Sie war klein und jetzt in meiner Hand. Und doch, fuhr es mir durch den Sinn, hatte sie sich weggeworfen, früher. Ich griff in Stellas Haar und wühlte darin. Mir wurde klar, wie sehr mir so etwas gefehlt hatte. „Auf dem Nachttisch sind Präser", hauchte sie. Ich erregte sie einfühlsam.

Stella genoss meine Zärtlichkeiten. Ich hielt mich mehrfach zurück; dadurch kamen wir zusammen. Es schien, als würde sie mit mir gemeinsam explodieren. Eine Welle unfassbaren Glücks überflutete mich, und ich stöhnte in das Kissen. -

In der Nacht - Stella schlief schon - gingen mir wirre Gedanken durch den Kopf. Ich betrachtete sie lange. Ihr halb bedeckter Körper wurde vom Licht einer gegenüberliegenden Reklameschrift beleuchtet. Ob sie mich mochte? Kaum anzunehmen, aber vielleicht doch? Weikert im Ausland, und wir lagen hier. Warum hatte er mir nichts erzählt von einer Reise? Ja, Geheimnisse. Und ihr Verhältnis lief offenbar doch nicht so gut. Oder mochte Stella nur die Abwechslung? -

Es wurde zeitig hell. Ich war kaum zum Schlafen gekommen. Doch stieg ich leise aus dem Bett und ging ins Wohnzimmer. Stella atmete ruhig. Ich machte Kaffee. Sie würde heute nicht arbeiten. Während die Maschine lief, setzte ich mich an den

Tisch und sah mich im Raum um. Wie schön es hier doch war. Ich musste etwas tun.

Plötzlich stand Stella neben mir. Sie trug einen Morgenmantel. Sie blickte mich an, küsste mich auf die Wange und schenkte Kaffee ein. Dann ließ sie sich mir gegenüber nieder. Wir rauchten eine Zigarette. „Ich weiß, was du treibst, Konrad. Du und Rainer, ihr kennt euch schon eine Ewigkeit." Ich war wie vom Donner gerührt. Mein Atem ging ein wenig schneller. „Woher...?"

„Er hat es mir erzählt, vor einigen Tagen."

„Warum hast du mir das nicht schon gestern gesagt?" Stella verdrehte die Augen, und ich verstand. „Ich musste es dir auch verschweigen, Stella. Aber ich habe ihn jetzt hintergangen."

„Ach", winkte sie ab, „das ist nicht so dramatisch. Ich wollte es ja auch. - Er ist in Israel", sagte sie übergangslos.

„Hat er dir das mitgeteilt?"

„Nein, ich habe das Ticket in seinem Anzug entdeckt."

„Was macht er da?"

„Das weiß ich nun wirklich nicht. Manches hält er auch vor mir geheim."

„Warum verrätst du mir das alles?"

„Er soll aufhören. Das hat doch keinen Sinn."

„Das dachte ich mir. Aber er hört nicht auf", sagte ich. „Die hören alle nicht auf. Die liefern sich interne Grabenkämpfe."

„Das muss doch zum Scheitern verurteilt sein", sagte Stella.

„Du machst da nicht mit?" wollte ich wissen und hatte schon zuviel gesagt. Sie zwinkerte nervös mit den Lidern.

„Ich habe damit nichts zu tun. Für mich ist das vergessen. - Dir ist also auch einiges bekannt?"

„Ja", gab ich kleinlaut zu. „Na und, Stella, ich mag dich." Ich ging zu ihr und nahm sie bei den Schultern. Von neuem überraschte mich ihre Zierlichkeit. „Das habe ich schon immer getan. - Überhaupt, scheint mir, wird hier sowieso zu viel geredet. Das ist doch keine Geheimhaltung mehr. Was soll ich tun, Stella?"

„Lass die Zeit für dich arbeiten. Zieh dich zurück aus dem Geschäft, in kleinen Schritten. Ich kann dir nur diesen Rat geben."

„Wann werden wir uns...?" Sie legte mir den Finger auf die Lippen. „Für dich bin ich erstmal tabu."

Hebestreit klopfte und trat in das Zimmer von Fischbach, der wie immer hager hinter dem Schreibtisch hockte. „Hans, ich muss mit dir reden."

„Nimm Platz, Jürgen. Was gibt's denn?" Fischbach nahm seine Brille ab, legte Papiere weg und rieb sich die Augen.

„Es geht um Weikert."

„Und?"

„Er unterminiert unsere Organisation."

„Wie kommst du auf so was?"

„Er hat einen IM angeworben, angeblich ein alter Freund. Das bringt uns in Gefahr. Ich hab ihn darauf angesprochen und ihm etwas Zeit gegeben. Und jetzt hat er sich doch plötzlich frei genommen. Wer weiß, was er vorhat."

„Nun mal langsam, Jürgen." Fischbach setzte sich die Brille wieder auf. „Wieso setzt du ein Ultimatum? Du handelst eigenmächtig. - Aber gut, wer ist es?"

„Ein gewisser Konrad Friedrichson."

„Was hast du über ihn?"

„Wohnsitz, Beruf, jetzt arbeitslos, lebt allein, ist kinderlos."

„Nicht unbedingt schlechte Voraussetzungen für unsere Sache. Weikert wird sich mir sicherlich noch anvertrauen. Unternimm diesbezüglich nichts. Danke, Jürgen." Fischbach wandte sich wieder den Papieren zu.

Gollan stand mit Sehm unweit der Villa. Sie hatten Garagennachbarn von Schneiderei befragt, die wie üblich samstags in ihren Wagen herumkrochen. Doch keinem war irgendetwas aufgefallen oder zu Ohren gekommen. Unschlüssig sahen sie sich um.

„Dort drüben scheint früher ein Fußballplatz gewesen zu sein", sagte Sehm und wies auf die Tore. „Was du nicht sagst", meinte Gollan. Sie schlenderten zum Geviert. „Alles verwildert und verfallen", sagte Sehm. „Wie dieser Schuppen hier. Wer weiß, was man da gefertigt hat." Er klopfte mit der flachen Hand an die Holzbretter der Stirnseite. Gollan ging zu der morschen Tür und blieb stehen. „Lutz", rief er, „komm doch mal." Sehm trat näher. „Was ist?"

„Das Schloss ist doch nagelneu", sagte Gollan. „Wer macht denn ein neues Schloss an so einen beschissenen Schuppen?"

„Vielleicht der Kinder wegen", wandte Sehm ein.

„Ich weiß nicht, ich finde das eigenartig."

„Und jetzt?"

„Bolzenschneider", sagte Gollan ungerührt. „Das interessiert mich." –

Eine Viertelstunde später kehrte Sehm mit dem Gewünschten zurück und brachte auch gleich eine Taschenlampe und Arbeitshandschuhe mit. Sie brachen das Schloss auf. Im Innern glitt ihr Blick über die alten Holzbohlen, Schraubstöcke und

Kartons. „Hier ist schon ewig keiner mehr gewesen", sagte Sehm.

„Eine herrliche Metallpresse", bemerkte Gollan und trat in die Mitte des Raums. „Das war noch solide gebaut." Er bückte sich und klaubte ein Pappschild auf. „Ach was", entfuhr es ihm. „VEB Erdmöbel!"

„Was soll das denn sein?" fragte Sehm.

„War früher 'ne schöne Umschreibung für Särge."

Sehm lächelte und ging weiter. Er stieß hinter der Presse die Tür zum angrenzenden Büro auf. Gollan folgte ihm. Im Gelass setzte er sich auf den Drehstuhl und sah sich um. Sehm ging ans Fenster und nestelte an der Gardine. „Hier liegt eine Kippe", sagte er.

„Na, wennschon."

„Ist 'ne Marlboro."

„Also war doch mal jemand hier", sagte Gollan. Er warf erneut seinen Blick in die Runde. „Lutz, die Mauer dort…"

„Die sieht neu eingezogen aus."

„Sag mal, geht's nicht noch eine Etage höher?"

„Ich dachte auch." Sie verließen den Raum und bestiegen die Treppe weiter hinten links. Oben gingen sie bis zum Ochsenauge. „Hier liegen wieder Kippen, alles Marlboro", sagte Sehm.

„Was sieht man denn von hier aus?" Gollan äugte durch das Fensterchen. „Diese Villa. Hm. Ob Schneiderei hier war?"

„Der war Nichtraucher. Seine Frau sagte, dass er an Asthma litt."

„Das ist alles höchst undurchsichtig", meinte Gollan. „Nimm mal ein paar Kippen mit. Man weiß nie." Sehm packte sie in eine Tüte. Sie stiegen die Treppe wieder hinab. Gollan, etwas schwerfällig und füllig, lief vorsichtig an den Werkbänken entlang und betrachtete die vergessenen Utensilien. Es sah alles so aus, als hätte man gestern noch hier gearbeitet. Die Hämmer mit ihren abgegriffenen Stielen, kreuz und quer liegende Leisten. Doch wie von einer unsichtbaren Hand geraubt, war die Belegschaft verschwunden. ‚Nichts ist unheimlicher als eine Firma, in der niemand arbeitet‘, dachte Gollan. ‚Dieses eisige Schweigen. Dieses Knacken aller paar Minuten, bei der eine Werkbank ein Zehntel in sich zusammensackt…‘

Plötzlich brach Gollan ein. Die Bohle unter ihm hatte nachgegeben und seinem Gewicht nicht mehr standgehalten. Schon eilte Sehm hinzu. „Scheißbude“, fluchte Gollan. Sehm fing ihn ab und ließ ihn langsam nieder. In sitzender Position befreite Gollan seinen Knöchel samt Schuh aus dem zersplitterten Brett und erhob sich mühselig mit Sehms Hilfe. „Danke, lass jetzt, Lutz“, sagte er und versuchte aufzutreten. „Scheint alles noch heil zu sein.“

„Gott sei Dank“, sagte Sehm. „Ich habe keine Lust, dich im Krankenhaus abzuliefern.“ Gollan schüttelte den Kopf und verzog den Mund zu einem Grinsen. Dann sah er zu Boden. „Dieser verfluchte Dreckstall. Alles marode. Haun wir ab.“ Vorm Tor putzte Gollan sich den Mantel ab. „Dass du aber auch grade diesen Hohlraum erwischst“, bemerkte Sehm.

„Was für’n Hohlraum?“

„Na, wenn du fast bis zur Wade einbrichst, ist da doch ein kleiner Hohlraum, oder?“ Gollan blickte Sehm eigentümlich an. „Ach“, sagte er, „gehen wir noch mal rein.“

„Warum das denn?“ Gollan gab keine Antwort. Er öffnete erneut die Schuppentür und trat zur schadhaften Stelle im Boden.

„Leuchte mal, Lutz. Man sieht nicht viel. Und die Handschuhe bitte." Sehm reichte sie ihm. Gollan zerrte die zerbrochenen Bohlen heraus und warf sie zur Seite. „Hammer", forderte er. „Hier liegen ja genug herum." Dann drosch er auf die benachbarten Bretter ein. Sehm fand eine stumpfe Axt und machte mit. „Warte mal", sagte Gollan. Sie hielten inne. „Alte Lappen", stellte Sehm fest und starrte auf das vor ihnen liegende Erdreich.

„Klar, man vergräbt alte Lappen", sagte Gollan sarkastisch und zog an einem blauen Stück Stoff. Nach einem letzten Ruck gab der zerrissene Lumpen einen skelettierten Schädel frei. Sehm wich zurück. „Ach", sagte Gollan wieder, „Lutz, wenn ich dich nicht hätte. Ruf die Spusi an."

Über der Villa hing Nebel. Weikert schloss die Tür hinter sich und setzte seine Aktentasche ab. „Morgen."

„Morgen. Gut, dass du wieder da bist", sagte Pasold.

„Noch keiner da?"

„Nein, wir sind die ersten."

Weikert ließ sich nieder und sah Pasold an. „Warum ist das gut, Mario? Ich hatte nur kurz frei genommen."

„Mensch, die Bullen waren im Schuppen da drüben. Du weißt das natürlich nicht."

„Wann?"

„Am Samstag. Ich habe hier noch etwas gearbeitet, da trieben sich zwei Typen herum und sind dann in den Holzbau. Ich rauchte am Fenster eine. Später kamen die Wagen. Sie haben irgendwas heraus getragen. Kannst du dir das erklären?"

Weikert schüttelte den Kopf. „Keine Ahnung. Haben wir was zu befürchten? Kommen die uns zu nahe?"

„Ich weiß nicht", sagte Pasold zweifelnd.

„Wissen's die andern schon?"

„Ja."

„Was haben sie gesagt? Lass dir nicht alles aus der Nase ziehen, Mario." Pasold wich dem Blick Weikerts aus. „Nichts Besonderes."

„Das heißt im Klartext?"

„Nun, da war doch mal was in deiner Anfangszeit. Als wir in der Villa die Truppe neu aufzogen, hast du damals Andeutungen gemacht."

„Was für Andeutungen?"

„Ich weiß nicht mehr genau, aber du sagtest wohl, der Schuppen gehört praktisch uns. Da lagern noch wichtige Dinge. Seinerzeit haben wir darüber gelacht. Sogar Hebestreit konnte sich erinnern."

„Ihr habt über mich geredet?" fragte Weikert entrüstet.

„Dafür kann ich doch nichts. Hebestreit fing damit bei der Besprechung gestern an. Dass ich den Bullenbesuch melden musste, ist klar."

„Was hat man unternommen?"

„Nichts."

„Waren die Bullen noch mal hier?"

„Nein, Rainer. Hast du was damit zu tun…?"

Die Tür öffnete sich und Hebestreit trat ein. „Morgen."

„Morgen", sagte Pasold und entfernte sich. „Ich hab noch was im Wagen vergessen:" Hebestreit warf einen verächtlichen Blick auf ihn. „Na, wieder im Lande?" fragte er, zu Weikert gewandt.

„Wie meinst du das?"

112

„Ich meine, wie war der Urlaub?"

„Schön, mal auszuspannen."

„Kam ein bisschen plötzlich."

„Für dich vielleicht."

„Wo warst du denn?"

„Berliner Seen." Sie drehten sich um. Fischbach war gekommen.

Nach der kurzen Zusammenkunft entfernten sich Hebestreit, Pasold und Dombrowski mit Aufträgen. Kuhlbrodt hatte in der Werkstatt zu tun. Hilde und Münch erledigten Besorgungen. Doch Weikert blieb wie festgenagelt auf seinem Stuhl sitzen. Fischbach schob gelassen ein paar Papiere in den Aktenvernichter. „Hans", begann Weikert, „ich muss dir etwas sagen."

„Das wird aber auch Zeit", meinte Fischbach. Weikert errötete leicht. „Du weißt...?"

„Erzähle."

„Ich habe ohne dein Wissen einen IM angeheuert. Einen alten mir ergebenen Freund. Er hilft uns seit ein paar Wochen. Durch ihn ist die Erfolgsquote angestiegen."

„Du hast recherchiert?"

„Ich habe über ihn recherchiert. Er ist sauber. Doch ich hätte es melden müssen."

„Allerdings", sagte Fischbach.

„Nun ist mir der Hebestreit auf die Schliche gekommen..."

„Lass mal den Hebestreit aus dem Spiel. Er hat sich korrekt verhalten. Ich weiß auch, dass er dich im Grunde nicht leiden kann, weil ich große Stücke auf dich halte." Fischbach klatschte mit der Hand auf seine Tasche. „Und ich halte immer noch große

Stücke auf dich. Aber so geht das nicht. Wenn ich keine Disziplinarstrafe verhänge, werde ich unglaubwürdig und verliere an Autorität. Also muss ich dich abmahnen. Dadurch sind die anderen zumindest beruhigt."

„Was wird mit dem IM?" fragte Weikert.

„Weitermachen", sagte Fischbach.

Am selben Abend gegen sieben, als Frau Kronach im Hof ihren Müll entsorgte, gewahrte sie hinter den Containern einen Mann, der sich ihr langsam näherte. Er trug ein Basecape und ein buntes Hemd, das bis zur Brust offen stand. Sie verhielt. Fünf Schritte vor ihr blieb er stehen und lächelte. Frau Kronach stellte die Schüssel ab. „Mein Gott, Herr Weikert!" rief sie überrascht. „Sind Sie das?"

„Nicht so laut, Frau Kronach, ja, ich bin es."

„Was haben Sie denn? Dass Sie sich mal sehen lassen. Wie lange ist das her?" Sie musste zu Weikert und umarmte ihn. Doch er löste sich von ihr. „Wir müssen dringend reden."

„Na, kommen Sie mit hoch. Es gibt viel zu erzählen. Dass Sie so schnell verschwunden sind. Ich bin direkt enttäuscht. Ich mach uns Kaffee, wie früher. Wie geht's Ihnen denn?"

„Es geht", sagte Weikert.

„Sie sind etwas älter geworden, das muss man schon sagen."

„Muss man das?" fragte Weikert. Frau Kronach lachte. „Na, ich bin auch keine Zwanzig mehr." Doch Weikert sah sich ernst im Haus um, als sie die Treppe nahmen. „Einen Schluck Whisky haben Sie doch am Lager, Frau Kronach?"

„Aber sicher."

„Wie ist es um Ihre Finanzlage bestellt?"

„Vielen Dank übrigens für das Geld! Aber das Leben verlangt einiges ab. Man steckt immer im Dreck, nur die Tiefe ändert sich."

„Mal sehen, was sich machen lässt."

„Was ist mit den Ergebnissen, Lutz?" fragte Gollan.

„Männliche Leiche, circa eins fünfundachtzig, dem Knochenbau nach wog er mal circa fünfundneunzig Kilo."

„Ein Kerl wie ein Baum", warf Gollan ein.

„Nach dem Zustand lag er ungefähr zwölf bis vierzehn Jahre unter den Brettern..."

„Sieh an, vermutlich noch vor der Wende."

„Todesursache Schädelbruch. Hervorgerufen durch einen Schlag mit einem stumpfen Gegenstand."

„Also Mord. Der Schuppen könnte demnach der Tatort gewesen sein. Warte mal." Gollan sinnierte. „Das alles ist seltsam. Dieser Schneidereit, die Villa, der Holzschuppen, die Leiche jetzt; das ist ein Puzzle, Lutz, wir müssen es nur richtig zusammensetzen."

„Es kommt doch noch mehr", sagte Sehm. „Also: Die Kleidungsfetzen erwiesen sich als so genanntes ‚Dederonmaterial'..."

„Kenn ich", sagte Gollan. „Kittelschürzen und Berufsmäntel aus der DDR-Zeit, damals durchaus üblich. Vielleicht hat das Opfer hier gearbeitet, bei VEB Erdmöbel." Sehm musste lächeln und schüttelte den Kopf. „Dederon, Erdmöbel."

„Was ist so lustig daran, Lutz? Dass du dich im Moment über diese ehemaligen Gepflogenheiten lustig machst, ist unangemessen. Du kannst später drüber lachen. Wir haben ein Opfer."

„Ist schon gut."

„Was noch?"

„Das wär's zunächst. Die restlichen Körperteile weisen keine Besonderheiten auf."

„Hm", machte Gollan. „Verdammt, was sagt uns das alles? Schneiderei redet von der Villa und wird umgebracht. Nun haben wir eine Leiche in einem Schuppen neben der Villa gefunden. Ebenfalls Mord. Wir haben die Mieter dieses ominösen Gebäudes befragt; es wirkte nichts verdächtig. Das ist eine Firma. Sie ist im Handelsregister angemeldet…"

Das Telefon klingelte. Gollan nahm den Hörer. Er lauschte angespannt und ziemlich lange. Dann nickte er. „Klasse, vielen Dank." Er legte auf. Sehm zog die Brauen hoch.

„Ja, ja, Lutz. Es gibt Neuigkeiten. Das Gebiss des Toten wurde untersucht. Anhand der Plomben oder wie man jetzt sagt, Füllungen, fertigte man ein Zahnbild an und befragte alle in der Umgebung schon länger praktizierenden Zahnärzte. Wir hatten einen Volltreffer. Der Tote hieß Frank Kronach."

Als Gollan bei Frau Kronach klingelte, öffnete ihm die Mieterin. Er zeigte seinen Ausweis und stellte sich vor. Sie ließ ihn ängstlich ein. „Nehmen Sie doch Platz. Um was geht es denn?"

Doch bevor Gollan zur Sache kam, nahm er links neben sich an der Wand ein Holztäfelchen wahr, das an einem Nagel herabbaumelte. „Ach, dass Sie das noch haben!"

„Ja, das ist das alte Brett von der Hausordnung, die wir früher noch selbst machen mussten."

Gollan las ehrfürchtig die zerfingerten Namen. „Nun gut", sagte er. „Jetzt zu etwas anderem, Frau Kronach: Kennen Sie einen

116

Frank Kronach?"

Sie blickte überrascht auf. „Aber ja, er war mein Mann."

„Er war unter Ihrer Adresse polizeilich gemeldet."

„Ja, wir sind geschieden. Das ist schon lange her. Neunundachtzig. Hat er etwas verbrochen?"

„Nein, der Fall liegt ein wenig anders, Frau Kronach. Ist meine Annahme richtig, dass Ihr Mann am 03. 06. 60 geboren wurde?"

„Ja, das stimmt."

„Frau Kronach, es tut mir leid, Ihnen eine schlechte Nachricht zu überbringen, aber Ihr Mann - ist tot. - Mein Beileid."

Frau Kronach lehnte sich auf ihrem Stuhl zurück. „Was?"

„Ja, es ist leider wahr. Er wurde umgebracht."

„Wie konnte das passieren?" Sie zwinkerte nervös.

„Unter welchen Umständen dieser – nun ja, Mord, stattfand, wissen wir noch nicht, jedenfalls ist es auch schon lange her."

„Wie lange?" Frau Kronach knetete ihre Hände.

„Haben Sie ihn seit der Scheidung noch mal wieder gesehen?"

„Nein, das hat alles mein Anwalt abgewickelt; es gab noch einen Versöhnungstermin, aber dann war Schluss."

„Nun, ungefähr kurz danach muss man ihn umgebracht haben."

„Wie denn überhaupt?"

„Offenbar wurde er erschlagen."

„Wer tut so was?" Sie schüttelte den Kopf.

„Wir ermitteln noch. Hatte Ihr Mann Feinde? Erinnern Sie sich noch an damals?"

„Nicht, dass ich wüsste."

„Entschuldigen Sie, wenn ich frage, aber was war der Grund für die Scheidung?" Gollan zog die Augenbrauen hoch.

„Wir hatten uns auseinander gelebt."

„Wann haben Sie ihn geheiratet?"

„Vierundachtzig."

„Und so schnell nicht mehr verstanden?"

Frau Kronach blickte zur Seite. „Ach, wissen Sie, da waren mehrere Ursachen. Er ging fremd und hat mir auch mal eine gelangt. Das konnte so nicht weitergehen. Ich habe ihn zu früh geehelicht."

„Wussten das Ihre Verwandten?"

„Die habe ich nicht damit behelligt. Das war meine Sache. Mit meinen Eltern war ich nicht gerade so." Sie legte die Zeigefinger zusammen.

„Sie hatten's wirklich schwer", sagte Gollan. „Und da war niemand, der Ihr Leid und Ihre Probleme teilte? Keine Freundin?"

„Nein. Ich verfügte auch nicht über genügend Geld. Da bleiben eventuelle Freunde dann aus. Die können das Gejammer nicht erhören."

„Das kann ich mir vorstellen. Und jetzt?"

„Ach, man schlägt sich so durch. Möchten Sie einen Kaffee?"

„Nun ja, warum nicht, danke."

Frau Kronach wollte nach einer Kaffeebüchse im Schrank greifen, entschied sich jedoch um und nahm eine andere, ähnlich aussehende. Gollan beobachtete sie. „Sie haben keine Kinder?"

„Nein", antwortete sie lapidar und Gollan unterließ es, weitere Fragen diesbezüglich zu stellen. Er erhob sich und ging auf den Balkon. Drüben war der Giebel des Holzbaus zu erkennen, dahinter die Villa. Sein Gesicht verdüsterte sich. Frau Kronach kam mit den Tassen. „Danke", sagte Gollan. „Wo hat Ihr Mann damals gearbeitet?"

„Da unten", sagte sie und zeigte auf den Schuppen. Gollan

bemerkte, dass ihre Hand zitterte.

„VEB Erdmöbel."

„Ja, richtig."

„Sie haben gar nicht gefragt, wo wir Ihren Mann fanden."

Frau Kronach verschluckte sich am Kaffee und musste abhusten. Gollan zog ein Tuch hervor und reichte es ihr. Nachdem sie sich beruhigt hatte, fragte sie: „Danke, ja, natürlich, wo?"

Gollan wies nun auf den Schuppen. „Eben dort. Sein Skelett", beendete er ungerührt.

„Oh Gott, da, auf seiner Arbeitsstelle?"

„Ja, er war verscharrt. Er lag unter den Brettern."

Frau Kronach hielt sich die Hand vor den Mund.

„Wir werden seine damaligen Arbeitskollegen befragen müssen. – Nun, es muss hart für Sie sein", sagte er. „Diese Nachricht. Ich werde Sie jetzt in Ruhe lassen und wieder gehen. Wenn Ihnen etwas einfällt, hier ist meine Karte." Er stellte die Tasse ab. „Und danke für den Kaffee. Wird es gehen?"

„Ja, natürlich."

„Brauchen Sie Unterstützung? Soll ich eine Psychologin vorbeischicken?"

„Nein, nein, es geht. Das ist doch alles lange her."

„Dann auf Wiedersehen, Frau Kronach. Ich schau mal bei Gelegenheit vorbei." Gollan zwinkerte ihr mit einem bitteren Lächeln zu.

„Auf Wiedersehen."

„Und?" fragte Sehm. Er hatte mit Gollan seit zwei Tagen nur telefoniert.

„Die Kronach war nicht ganz so entsetzt, wie ich es mir vorgestellt hatte", sagte Gollan.

„Ja, wie nimmt man so eine Botschaft auf? Hätte sie heulen sollen?"

„Ich weiß nicht, aber irgendwas hat nicht gestimmt."

„Immerhin ist sie doch seit dreizehn Jahren getrennt, und das noch in Unfrieden."

„Da hast du wieder Recht", meinte Gollan. „Andererseits hat sie nicht sofort gefragt, wo wir ihn fanden. Ich habe den Eindruck, dass sie mehr weiß. Merkwürdig, dass sie unweit dieses Tatorts wohnt. Sie konnte damals praktisch auf die Firma ihres Mannes blicken. Und diese Villa sieht man ebenfalls. Es kommt mir wie ein Zusammentreffen mehrerer Komponenten vor. Selbst Schneidereit hatte dort seine Garage. Und in dem Schuppen dieser Beobachtungsposten... Was hat das Labor über die Kippen rausbekommen?"

„Kein Anhaltspunkt."

„Die alten Kollegen von Kronach?"

„Zwei konnten wir noch auftreiben. Einen gewissen Wendekamm, dem man im März 89 den linken Zeigefinger amputiert hatte; ein Arbeitsunfall ging dem voraus. Den Kronach schilderte er als beliebt und fleißig. Dann ist da noch Abraham, der Vorarbeiter von damals. Der konnte ebenfalls nur Gutes sagen. Nun, der Kronach galt als trinkfest; das war aber auch schon alles."

„Mit dem Unfall hatte Kronach nichts zu tun?"

„Nein, das war Wendekamms eigene Schuld. Er war an der Presse."

120

„Wir müssen was übersehen haben. Diese ganzen Hinweise und Puzzleteile, das gibt's doch nicht."

„Ja", sagte Sehm, „Schneiderei und Kronach, Garage und Arbeitsstelle, beide ermordet, der eine zu Hause, der andere hier. Aber beide Morde liegen dreizehn Jahre auseinander."

„Gut, Lutz, nehmen wir das mal unter die Lupe. Vor dreizehn Jahren war was?"

„Die Wende."

„Kronach wird zur Wendezeit erschlagen. Vielleicht ein Racheakt in den Wirren des Aufbruchs, du weißt schon, die Demos und so weiter. Eine alte Rechnung im Angesicht des allgemeinen Chaos."

„Kronach hatte das, was von seinem Arbeitsanzug übrig war, noch am Körper", sagte Sehm.

„Also, wenn es kein Kollege war...", sagte Gollan, „die Kronach erzählte mir, dass ihr Mann ihr manchmal eine gelangt hätte, vielleicht unter Alkoholeinfluss. Die zierliche Frau wird ihn aber wohl kaum umgebracht haben. Aber sie wird froh gewesen sein, dass er aus ihrem Leben verschwand."

„Wie du das so sagst." Sehm schüttelte den Kopf. „Dass er aus ihrem Leben verschwand. Vielleicht hat er ihr Schwierigkeiten gemacht. Und sie hat jemanden beauftragt."

„Na, das ist Spekulation. Obwohl ich gemerkt habe, wie ihre Hand zitterte, als ich auf den Schuppen wies. So eine Sache hätte die nie durchgezogen. Da kommen wir nicht weiter."

„Dreizehn Jahre später wird ein Mann erstickt, der hier seine Garage hatte. Ein Arzt wird beobachtet, der kein Arztauto hat, offenbar sogar der Täter."

„Auf den ersten Blick gibt es da keine Verbindung", sagte Gollan.

„Ich frag mich nur, ob es da vielleicht eine mit dem Schuppen gibt. Hat Schneidereit Kronach damals beobachtet? Hat Schneidereit Kronach umgebracht? Hat das jemand gesehen und hat sich jetzt gerächt?"

„Das halte ich nun wieder für zu weit hergeholt", sagte Sehm. „Ich denke da eher an den Beobachtungsposten im Schuppen, den aber nicht Schneidereit innehatte. Übrigens waren da auch Kippen in diesem Büro mit der neuen Wand..."

„Die neue Wand", unterbrach Gollan plötzlich, „die hatten wir übersehen. Was soll diese neue Wand?" - Tags darauf ließen Gollan und Sehm die Mauer einreißen und stießen auf den Gang.

Der Fluss war durch tagelangen Dauerregen angeschwollen; beängstigend hoch stieg der Pegel. Dann trat das stets im Sommer dünne Rinnsal plötzlich doch über die Ufer, über die Brücken, Geländer, Balustraden und leckte an den Straßenrändern, um sich zur Mitte hin auszubreiten und langsam, bedächtig und schleichend die Keller der angrenzenden Gebäude zu überfluten. Niemand und nichts schien vor der Macht des Wassers sicher. Es fraß sich in alle Ritzen, durch sämtliche niedrigen vergitterten Fenster, um in den Speicherräumen die Gegenstände hoch zu spülen. Auf der Oberfläche schwammen anfangs die kleinen Utensilien, Plüschtiere, Plastspielzeug, Kartons, die sich voll sogen und absackten; später kippten die alten abgehalfterten Möbelstücke wie Sterbende in das Nass. Kühlschränke und Kommoden mit alten Erinnerungsfotos donnerten in letztem Protest gegen die Kellerwände. Eine Vergangenheit war ausgelöscht, aufbewahrt im Laufe von Jahrzehnten, mit einem Schlag; durch einen Freund, den Fluss, an dessen Ufern sich vor Jahrhunderten die Altvorderen angesiedelt hatten. Es schien, als hätte man zu nah am Wasser gebaut.

Ich war am Abend vorher schon an die unheilvolle Stelle gegangen, als es sich herumsprach, dass die Strömung zunahm. Feuerwehrleute hatten unterdessen eine Absperrung errichtet. Von einer heimlichen Begeisterung erfasst, obwohl mein Mietshaus in der Gefahrenzone lag, hatte ich das unaufhörliche Steigen des Spiegels beobachtet. Gleichgesinnte drängten immer wieder vor, von der Absperrung zurückgehalten, um etwas vom Pegel des Flusses zu erhaschen, dessen Zungen sich fressend hervortasteten, um sich des Schienenstranges zu bemächtigen. Die Geleise liefen voll, und die Straße wurde selbst zum Strom. Man wich zurück, zurück in die Wohnungen.

Der Regen hatte inzwischen aufgehört. Ich war noch lange geblieben, elektrisiert von dieser unheimlichen Macht. Mitunter hatte ich lächeln müssen, direkt auf die Wasserfläche, die Meter um Meter an Boden gewann. Grotesk schien die Angst der Menschen vor dem Leben spendenden Elixier. -

Am nächsten Morgen war die Katastrophe in ihrem Ausmaß zu erkennen. Die tiefer liegenden Keller waren überflutet. In ihrer Not halfen sich die Betroffenen beim Heraustragen der verdorbenen Gegenstände. Plötzlich fiel mir Stella ein.

Das Kulturhaus stand unter Wasser, desgleichen der Zeitungsladen. Stella lehnte in Gummistiefeln an der Tür. „Schön, dass du dich mal sehen lässt", sagte sie.

„Ich hab heißen Tee mit. Und wo ist Rainer?" konterte ich.

„Touché", sagte sie. „Dann hilf jetzt mit."

„Aber gern. Trink den Tee."

Sie schraubte die Thermoskanne auf. „Er hat es mir gestern gesagt. Da ist was im Gange. Er sucht Unterschlupf."

„Was? Ich denke, ihr wohnt zusammen." Mit einem großen Besen schob ich die sich sammelnden Pfützen zur Tür hinaus. Einige Zeitungsständer lagen im Wasser. Viele der Journale waren nicht mehr zu gebrauchen. „Ab jetzt nicht mehr", sagte Stella. Ich stützte mich auf den Besen. „Die Schlinge zieht sich enger", fuhr sie fort. „Bei mir war er nicht polizeilich gemeldet, aber der Boden wird ihm dennoch zu heiß. Er berichtete von Informanten, die Tätigkeiten an einem Holzschuppen beobachteten. Man befürchtet, dass diese Villa, in der er arbeitet, observiert wird. Die anderen schlafen auch nicht."

„Welche anderen?"

„Der Staat", sagte Stella lapidar. „Hast du dich an meinen Rat gehalten?"

„Mich zurückzuziehen?"

„Aber ja!"

„Nun, das war nicht nötig, Rainer hat mich seit zwei Wochen nicht mehr kontaktiert."

„Da bist du ja fein raus."

„Stella, warum bist du so zynisch?" fragte ich. „Du siehst, ich unterstütze dich."

„Das ist ja auch alles gut und schön", meinte sie versöhnlich. „Ich fühl mich nur im Moment ein wenig allein gelassen. Was wird denn hier eigentlich verändert? Nichts. Alles wird nur schlimmer."

„Wie hoch ist der Schaden durch das Wasser?" wollte ich wissen.

„Das ist nicht das Problem. Ich habe genug Geld, dank Rainer."

„Da bist du wiederum fein raus", entschlüpfte es mir.

„Ich würde es lieber aus eigener Tasche bezahlen", fuhr Stella mich an. Doch da überkam es mich. Ich zog sie zu mir heran. „Ist er denn schon weg?"

„Gestern hat er gepackt und ist fort. Ich weiß nicht, wohin. Er will sich bei mir melden. Absolut nichts kündet mehr von seinem Hiersein." Stella zitterte.

„Du musst schnellstens aus dieser klammen Kleidung heraus. Sperr den Laden zu. Wir legen den Rest hoch. Dann gehen wir zu dir, du kochst uns was und ich schlafe mit dir, du nasse Maus."

„Wir machen das mal lieber andersrum."

„Gut", sagte ich, „ich koche uns was und du schläfst mit mir."

Wir lagen im Bett. Stella sah mich mit aufmerksamen Augen an. Ich streichelte ihre Wange. „Ich kenn dich gar nicht so richtig, Konrad", sagte sie plötzlich. „Nur, dass wir auf eine Schule gingen. Was bist du für ein Mensch? Erzähl mal etwas von früher." Stella fasste nach meinem rechten Arm und drückte ihn an sich, wie um sich zu vergewissern, dass ich noch da sei. Ich sah sie an. Stellas schwarzer Schopf überflutete das helle Kopfkissen. „Komisch", sagte ich, „dein Haar erinnert mich tatsächlich an eine alte Geschichte." Sie zog mich enger an sich. „Komm, erzähl."

„Ach, es ist nichts weiter. - In meiner Lehrzeit hatte ich eine Klassenkameradin. Sie hieß Evelyn, war klein und zierlich und trug kurzes dunkelblondes Haar. Ich verliebte mich in sie. Aber ich hatte einen Konkurrenten, meinen besten Freund, in derselben Klasse. Auch er bemühte sich. Am Ende war sein

Werben erfolgreicher, und ich musste anerkennend die Segel streichen. Natürlich blieben wir Freunde. Er kam dann zur Armee und gab mir den Auftrag, auf sie aufzupassen, was ich auch tat. Er vertraute mir. Ich brachte sie von der Arbeitsstelle bis zur Haustür, wir waren in einer Schicht, und jeden Abend, wenn wir Spätschicht hatten. Aber an einem dieser Abende musste ich sie küssen; ich kam nicht umhin. Diese ständige Nähe von ihr; das hatte mich fertig gemacht. Doch nach dem Kuss, den sie zuließ, weil sie auch mich mochte, sagte sie, dass sie ihrem Kerl, meinem Kumpel, treu bleiben wolle. Das musste ich respektieren. - Die Lehrzeit ging vorüber und mein Kumpel machte plötzlich Schluss mit Evi. Ich weiß nicht mehr, warum. Ich vermute, dass ein Ex-Lover von ihr dahinter steckte, der sie eingewickelt hatte und mit dem sie fremdging. - Wir verloren uns alle aus den Augen. Das Leben warf uns in andere Bahnen. - Doch achtzehn Jahre später sah ich sie einmal wieder, diese Evelyn. Ich trug damals nebenbei Werbebroschüren aus. Nicht bei mir, in einer anderen Gegend. Es war blanker Zufall. Sie kam plötzlich aus einer Haustür und sah mich an. Unsere Blicke trafen sich wie ein Blitz."

Stella lauschte gebannt und hielt immer noch meinen Arm fest.

„Evelyn eilte weg. ‚Evi', rief ich ihr hinterher. Sie drehte sich um, als ob sie einen altbekannten Kosenamen wieder erkannt hätte. Ich näherte mich ihr. Sie blickte zu mir auf. ‚Kennst du mich noch?' fragte ich. Sie wich meinen Augen aus. ‚Konny', sagte sie. ‚Evelyn. Wir haben uns ewig nicht mehr gesehen.'

Sie sah schrecklich aus, total heruntergekommen, das Haar strähnig, Augenringe, eingefallene Gesichtszüge, die Klamotten schäbig. Ich war furchtbar enttäuscht. Und dachte gleichzeitig an mich. Wir waren gealtert. ‚Ich werde dir helfen', sagte ich. ‚Ich habe dich mal sehr gemocht.' Evelyn blinzelte mich mit ihren kleinen braunen Augen an. ‚Was soll das, Konrad?'

Sie war zornig, weil sie mich unter diesen Umständen wieder getroffen hatte. Ich konnte sie jedoch überreden, mit mir eine Tasse Kaffee zu trinken. Wir sprachen über alles. Ich sagte ihr klipp und klar, dass sie aus sich etwas machen müsse. Natürlich hatte sie keine Arbeit. Evelyn fing an zu weinen und schämte sich. Doch ich beruhigte sie und sagte immer wieder, dass unter diesem Grau die Schönheit wartet.

Ich versorgte ihr einen Job in einer Plastbearbeitungsbude, halbtags, und schickte sie zum Frisör. Das Geld hab ich damals springen lassen."

„Das glaub ich einfach nicht", sagte Stella.

„Ach was", ich winkte ab, „Evelyn erstrahlte für einen Sommer. Sie sah wunderbar aus. In einem Weizenfeld liebten wir uns. Dann fiel sie in alte Geleise zurück. Sie verlotterte wieder. Immerhin hatte sie noch diesen Pinsel von damals. Auch da hab ich mich ein letztes Mal eingemischt. Sie muss ihm hörig gewesen sein. Ich hab mich mit ihm geschlagen, als wäre ich achtzehn. Doch dann gab ich es auf. Sie blieb mit ihm zusammen. Es hatte keinen Zweck. Aber eine zweite Chance war's."

Stella schüttelte den Kopf. „Ja, das Leben ist kein Wunschkonzert."

Sonntagabend saß ich wieder in der „Kutsche" am Tresen und überlegte, wie das alles weiter gehen sollte, als Weikert in der Tür erschien und mich ansteuerte. Er war vollständig in Jeans gekleidet. „Wusste ich doch, dass du hier bist." Er gab mir die Hand und setzte sich. Ich bestellte neues Bier und zwei Wodka.

„Danke, das kann ich gebrauchen." Er sah sich ein wenig gehetzt um.

„Was ist los, Rainer? Du hast dich nicht gemeldet."

„Die Ereignisse überschlagen sich. Ich bin von zu Hause weg."

„Wie weg?" heuchelte ich.

„Es wird heiß. Ich bin untergetaucht. Man misstraut mir."

„Also, mal langsam, ich verstehe nicht."

„Pass auf: Hebestreit hat mich bei Fischbach denunziert. Er wusste von dir und hat es ihm gesteckt. Ich habe mich verantworten müssen. Noch hab ich bei Fischbach einen Stein im Brett. Aber wie lange noch?"

„Ich denke, ihr seid eine verschworene Gemeinschaft."

„Es ist alles nicht so einfach, Konrad. Der Charakter eines Menschen spielt da auch eine gewisse Rolle. Der Hebestreit ist ein Speichellecker und Emporkömmling. Das Weichei Pasold hat er auch schon eingewickelt, obwohl er ihn herablassend behandelt. Aber der ist ihm hörig.

Konrad, man kann im Grunde niemandem trauen. Du glaubst nicht, wie viele von uns nach der Wende sofort auf Marktwirtschaft umgeschaltet haben. Fischbach ist klug, doch er weiß nicht, welchen Klüngel er da um sich geschart hat. – Aber ich komme vom Thema ab. Das BKA will möglicherweise in die Villa. Das soll überraschend geschehen, wird es aber nicht. Wir haben Informanten und wechseln derzeit den Verwaltungssitz."

„Wieso die Villa?"

„Gewisse Verdachtsmomente haben sich bei der Kripo erhärtet. Ausgangspunkt war der Schuppen. Neuerdings gehen die dort

128

ein und aus. Das muss ja regelrecht auffallen. Aber sie sind auf etwas gestoßen."

„Auf was?"

„Rein können wir da nicht mehr. Die haben den Schuppen versiegelt." Weikerts Gesichtsausdruck verdüsterte sich. Doch plötzlich sah er mich an. „Ich hau sowieso ab. Das mache ich nicht mehr mit. Diesen Fehler lassen die nicht durchgehen. Man hat Kronach gefunden! Ich frage mich nur, auf welche Weise?" platzte es aus ihm heraus. Ich senkte die Augen und holte tief Atem. „Du hast ihren Mann umgelegt?" Ich bestellte noch zwei Bier und Wodka.

„So ist es", sprach er leiser weiter. „Ich habe seine Frau von diesem Frevler befreit. Ich hatte einen IM auf ihn angesetzt nach der Scheidung. Kronach plante Böses. Der wollte sie fertig machen. Wenn er in der Kneipe lauthals damit prahlt…"

„Aber wieso kommt man auf die Villa?"

„Die Spurensicherung war da. Sie haben garantiert das Unterste zuoberst gekehrt. Und die neu eingezogene Mauer… Dann sind sie auf den Gang gestoßen. Und zusätzlich hatte dieser Schneidereit hier seine Garage. Da muss man schon dämlich sein, um da nicht Zusammenhänge zu erkennen. - Wir sind natürlich vorher alle raus, nach und nach, haben Unterlagen geschreddert, das Equipment eingesackt."

„Scheiße", sagte ich, „meine Zigarettenkippen."

„Was für Kippen?"

„Die im Schuppen liegen mit meiner DNS."

„Mach dir da mal keine Rübe. Du bist nicht vorbestraft, oder?"

„Nein."

Weikert überlegte. „Das mit Kronach ist natürlich ein großer

Fehler gewesen, muss ich jetzt im Nachhinein zugeben. Hebestreit gegenüber habe ich in unserer Gründerzeit einmal etwas Diesbezügliches erwähnt. Der vergisst nichts. Jetzt wird er große Geschütze auffahren."

„Wo seid ihr nun alle?"

„Zu Hause. Da sind sie sicher, ehrbare Bürger. Wir hatten eine Briefkastenfirma; wir wechseln den Gefechtsstand. Im Handelsregister tauchen fadenscheinige Namen auf, da kann uns niemand etwas. Die Firma wird nicht mehr aufzufinden sein. Das wird tausendfach praktiziert in diesem wunderbaren Staat. Ich halte mich zurzeit bei Hilde in der Mansardenbodenkammer auf, bis ich eine neue Wohnung finde. Aber vielleicht kommt's gar nicht erst so weit. Hebestreit traue ich nicht über den Weg. Der bringt es fertig und liefert mich ans Messer. Kuhlbrodt weiß auch von mir; er besucht Hilde häufig, aber er ist koscher."

„Und Stella?"

Weikert lehnte sich zurück. „Du witterst Morgenluft?" fragte er und ich errötete.

„Quatsch. Ich meine, was wird jetzt?"

„Konrad, ich werde abhauen", wiederholte er. „Vielleicht nehme ich Stella mit, vielleicht auch nicht. Ich werde sehen."

„Wohin denn?"

„Ich habe wertvolle Akten gebunkert. Die sind mein Fahrschein in die Freiheit."

„Was für Akten?"

Weikert beugte sich vor. „Du musst nicht alles wissen, Konrad, noch nicht, es tut mir furchtbar leid." Er winkte dem Barkeeper.

Mir schoss plötzlich ein Gedanke durch den Kopf. War Weikert nicht kürzlich in Israel gewesen? Hatte es damit zu tun? Wie

130

unvorsichtig er doch war. Stella hatte das Ticket gesehen.

„Was soll bloß werden?" fragte ich.

„Nur die Ruhe", sagte Weikert und hob sein Glas. „Man ist schließlich ausgebildet worden. Das kommt einem zugute. Du weißt doch, Konrad: Jeder Tropfen Schweiß in der Ausbildung erspart das Blut im Gefecht."

„Amen", sagte ich.

Weikert wankte ein wenig auf seinem Hocker. „Mach dich nicht darüber lustig. Fischbach hat was Großes vor. Da werden sich alle wundern."

„Rainer, wir trinken aus, dann hauen wir ab. Ich will dir etwas zeigen."

„Komm, einen heben wir noch." –

Als wir gingen, war Weikert betrunken, und auch ich hatte ordentlich getankt. Die Straßen lagen vereinsamt und still. Kein Passant war zu sehen. In den Fenstern, an denen wir vorbeitorkelten, loderte keine Glotze mehr. Die Nacht war mild.

In wenigen Stunden würden die Pflichten diese Welt in das tägliche Chaos stürzen, in den Wochenbeginn, schlechtgelaunte Chefs ihre Untergebenen drangsalieren, verkaterte Arbeiter die Autotüren zuknallen, die Bürohengste ihre Computer anschalten. Man würde ab sofort auf den Freitag warten, das Rad im Getriebe sein und ordentlich auf den Schwächsten herumhacken.

Hildes Wohnsitz hatte mir Weikert genannt. Wir hätten einen Umweg nehmen können, aber ich wählte die Strecke an der Villa vorbei. Sein Gesicht zog sich in die Länge, als wir das in Dunkel gehüllte Gebäude passierten. „Scheiße", sagte er. „Das wolltest du mir wohl zeigen?"

„Mitnichten. Komm weiter." Ich erklomm die Stufen zu dem

kleinen Wassertümpel. Weikert folgte. An den Binsen blieb er stehen. „Warte mal", sagte er lallend, „wie tief der wohl ist? Da hab ich mir nie Gedanken drüber gemacht." Er brach eine Gerte von einem Strauch und stocherte im Weiher herum. „Ich denke, ein Meter."

„Nun komm schon", mahnte ich.

„Was willst denn du nur?"

Wir waren am Fußballplatz angelangt. „Hier ist sie", sagte ich.

„Wer?"

„Die Stätte unserer Kindheit. Erinnerst du dich nicht?"

Weikert griff in die Maschen des Drahtzauns, der das Gelände umgab. „Ja, tatsächlich." Seine Blicke wanderten hin und her.

„Man kann sogar noch hinein", sagte ich. „Ein paar findige Jungs haben den Zaun an einer Stelle zerschnitten. Hier." Ich wies Weikert den Weg.

„Gott, wie lange das her ist", sagte er plötzlich nachdenklich. Als wir uns im Innern des Platzes befanden, schaute sich Weikert eigentümlich um. Womöglich wollte er den Geist beschwören, der vormals hier geherrscht hatte. Er berührte das Buschwerk. „Das ist Veränderung", sagte er. „Das ist bahnbrechend."

„Mensch, da liegen Flutschen", rief ich und begutachtete zwei Bälle in einer Ecke des Platzes. „Einer hat noch Luft drauf."

Weikert sah mich an. Seine Augen hellten sich auf. „Los, du gehst ins Tor", rief er. „Wir wechseln uns ab. ‚Gib mich die Kirsche' ", lachte er. Ich passte hinüber und eilte zwischen die Pfosten. An den verwitterten Stangen blühte der Rost. Das Rot-Weiß war noch zu erahnen. Hinter mir hing ein schlaffes zerrissenes Netz. Ich hatte mich etwas weiter vorn postiert, um den Winkel zu verkürzen.

Weikert legte sich den Ball in ungefähr fünfzehn Metern Entfernung zurecht, nahm Anlauf und drosch die Murmel mitten durch die halbhohen Büsche auf mein Tor. Ich konzentrierte mich auf eine Ecke, hechtete nach links hinten und donnerte mit dem Schädel voller Wucht an die Querlatte. Ich fiel wie ein Stein zu Boden; mir wurde schwarz vor den Augen...

„He, komm, mach hier nicht schlapp! Das war doch gar nichts!"
Ich blinzelte. „Was ist denn los?"
„Du hast den Ball in die Fresse gekriegt", sagte Rainer. „Tut mir leid. Ist 'n bisschen rot. Wird schon wieder. Allerdings müssen wir jetzt." Ich erhob mich und klopfte meine Klamotten ab. „Was müssen wir?"
„Mensch, Mittagessen. Deine Großmutter wird schon warten. Es ist halb eins."
„Und du?"
„Meine Schwester wird sicherlich was gekocht haben."
Wir schnappten unsere Fahrräder, die wir an den Holzschuppen gelehnt hatten und fuhren an den Garagen vorbei. Ich war vollkommen durchgeschwitzt. Zwei Stunden hatten wir ununterbrochen gebolzt.
„Denk dran, heut abend, das Endspiel", erinnerte Rainer. „Mensch, das wird was. Deutschland gegen die Tschechei. Komm dann rüber."
„Ja doch." Das Haus tauchte auf, in dem meine Literaturlehrerin wohnte. Ich rieb mir die Wange; es zwiebelte noch. „Heute gibt's Brotsuppe mit Rindertalg", teilte ich mit.

„Da käm ich nicht ran", sagte Rainer.

„Mir schmeckt sie."

„Los!" rief Rainer. „Endspurt."

Wir traten in die Pedalen, bis wir auf unsere Straße gelangten. Rainer siegte mit einer Radlänge Vorsprung. Ich stieg ausgepumpt ab. „Ich muss dann erstmal duschen."

„Und, heut Nachmittag ein Match?"

„Klar."

Ich schaute nach oben. Großmutter winkte schon aus dem Fenster im dritten Stock.

„Also bis um drei."

Großmutter empfing mich aufgeregt. „Das Essen wird kalt."

„Mich hat diese komische Schlesische von unten aufgehalten; ich solle nicht das Haus verdrecken."

„Na komm, setz dich." Großmutter ging nicht darauf ein. Im Wohnzimmer, das gleichzeitig als Küche diente, roch es nach Menthol. Wir aßen. „Ich muss unbedingt duschen." Großmutter nickte. Mein Blick fiel auf das große Radio in der Ecke, das auf dem Schränkchen mit dem Spitzendeckchen stand. „Schalt das doch mal an, Oma. Es ist so leise hier."

„Ach, ich kann diese Goebbelsharfe nicht leiden."

„Warum hast du sie dann?"

„Sie stand schon immer hier." Ich lächelte. Sie hing an den alten Sachen. –

Am Nachmittag spielten wir Hockey. Rainer hatte zwei kurze, gut zu handhabende Holzschläger gebastelt. Ein Tennisball diente als Puck. Allerdings mussten wir erst Mitkämpfer auftreiben, um Mannschaften zu bilden. Das fiel nicht schwer.

Gegen halb sechs trennten wir uns. Doch als ich oben ankam,

war meine Großmutter traurig; ich merkte es gleich. „Ach", sagte sie nachdenklich, „ihr spielt da unten."

„Was ist denn?" fragte ich bestürzt. Ich hatte sie noch nie so gesehen.

Sie hatte mit einer Nachbarin gesprochen, als sie im Laden ihren geliebten Ölhering kaufte. Sie erzählte es mir. Es ging um einen Jungen; er hieß Christian, war ungefähr neunzehn, etwas dicklich und geistig behindert. Täglich lungerte er auf der Straße herum; das hatte selbst ich festgestellt. Wenn meine Großmutter einkaufen ging, begleitete er sie oft, unterhielt sich mit ihr trotz seiner Zurückgebliebenheit durchaus angenehm, trug ihr die Tasche. Sie gewann ihn lieb. Sie verstand, mit seiner Schwäche umzugehen.

Wenn es dämmerte und er immer noch herumtapste, sah sie das aus ihrem Küchenfenster, ging hinab und brachte ihn über die viel befahrene Hauptstraße, auf die Seite, auf der er wohnte. Es war zu gefährlich, fand sie. Sie hatte Recht. Er war ängstlich, der Autos wegen. Wie er vormittags herübergelangte, bekam sie nicht heraus, und seine Eltern lernte sie nie kennen. Dann lief sie nach Haus, sich abmühend, in der Linken zur Hilfe einen Stock.

So ging das eine ganze Zeit. Aber heute war der Junge ausgeblieben, sagte Großmutter, und beim Einkauf wurde bekannt, dass er sich gestern Abend einmal allein über diese Straße gewagt hatte. Ein Wagen erfasste ihn. Er verunglückte tödlich.

Ich war geschockt. Sie bereitete Tee mit Honig und wir sprachen lange über Christian. Sie fing an zu weinen. All diese Mühe und Fürsorglichkeit sollten umsonst gewesen sein. Ich war kaum in der Lage, sie zu trösten; dazu war ich noch zu jung.

Aber meine Existenz beruhigte sie dann. Schließlich gingen wir schlafen, nachdem wir uns noch ein Bier geteilt hatten. Das blieb natürlich unter uns. Sie machte sich wie immer, wenn ich dort übernachtete, auf dem Wohnzimmersofa ein Lager zurecht.

In ihrem kleinen Schlafzimmer wartete ein dickes Deckbett. Ich vergrub mich in den Daunen und fand lange keine Ruhe. Das Endspiel hatte ich völlig verdrängt. Ich dachte vage an Christian; er erstand schemenhaft in meiner Vorstellung; wo würde er jetzt sein? Ich dachte auch an Rainers Enttäuschung über mein Fernbleiben. Morgen würde ich es ihm erklären.

Der Mond warf seinen bleichen Schatten über die Decke. Die alte Kommode meiner Großmutter knarrte wie gewöhnlich. Der Holzwurm arbeitete. Mir schien, das Ende von Christian ging ihr fast so nahe wie das ihrer zwei Brüder, die im Krieg gefallen waren.

Mitten in der Nacht wachte ich schweißgebadet auf. Trotzdem überfiel mich Schüttelfrost. Ich hielt bis zum Morgen durch, bis Großmutter mit mir frühstücken wollte. Sie erkannte gleich die Symptome; sie war alt und erfahren. Ich musste den Schlafanzug wechseln, nachdem sie mich gewaschen hatte und sie vergrub mich dann sofort wieder in den Kissen, mit einer leichteren Decke, machte Wadenwickel. Ich hatte Fieber. Großmutter kochte Tee und sagte, ich hätte mir wohl gestern diese Grippe zugezogen, geschwitzt und dann irgendwann gefroren. Unter ihren Händen fühlte ich mich wohl.

Am Nachmittag sank das Fieber. Ich las die „Digedags". Dann klingelte Rainer. Er war besorgt. Meine Großmutter hatte ihn schon darauf vorbereitet.

„Schade, Konrad", sagte er. „Hoffentlich wirst du bald gesund."

„Wie war's gestern?"

„Du hättest Hoeneß' Schuss in den Himmel erleben müssen. Es war ein entsetzlicher Moment. Und dann lupft Panenka rotzfrech den Ball in die Mitte des Tors. Die Tschechen sind Europameister."

Ich nickte und zog die Decke enger um meinen Körper. „Sag mal, Rainer, was willst du später mal machen?"

„Später?"

„Wenn du erwachsen bist."

Rainer sah mich lange an und lächelte. „Das Unrecht aus der Welt schaffen. Es wird schon einen Beruf dafür geben."

Schließlich ging er und ich fiel abends in wirre Träume zurück.

Über mir konnte ich hölzerne Balken und Querstreben erkennen. Ich drehte vorsichtig meinen Kopf. An den Bretterwänden hingen Konterfeis von Filmhelden und geschminkten Diven.

Mein Körper war von Decken umhüllt. Plötzlich ging die Tür auf und jemand näherte sich mir. Hilde beugte sich über mich und strich mir übers Haar.

„Was ist denn los?" fragte ich mühsam.

„Er ist wach", sagte Hilde zur Tür gewandt. Weikert und Kuhlbrodt traten ein. Sie brachten heißen Tee.

„Wo bin ich?" wollte ich erneut wissen.

„In meiner Jungmädchenkammer, wenn dich das nicht stört."

„Wer sind Sie? Was ist denn passiert?"

„Dich hat's umgehauen", sagte Weikert. „Fußballplatz, dämmert da was? Ich habe dich hierher zu Hilde geschleppt, einer guten

Freundin, du kannst ihr und Norbert vertrauen. Das war nicht leicht. Noch in der Nacht hast du Fieber gekriegt; Hilde hat nach dir gesehen. Ich war fertig, hab den Rausch ausgeschlafen und am nächsten Tag noch was erledigt."

„Danke euch beiden", sagte ich.

„Du hast dreiundzwanzig Stunden gepennt", lachte Hilde. „Das Fieber wird runter sein. Nur eine Grippe, schätze ich. Medikamente hatte ich noch."

„Wie spät ist es denn?"

„Es ist mitten in der Nacht."

„Ihr wohnt jetzt alle hier?"

„Ja, nebenan, in der Wohnung meiner Mutter. Sie ist doch im Heim", meinte Hilde bekümmert.

„Wie geht ihr's denn?"

Hilde wurde verlegen. „Sie haben – sie haben etwas an der Leber entdeckt."

„Das tut mir leid."

„Schon gut. Werd du gesund." Sie verließ die Kammer.

Ich sah zu Kuhlbrodt und Weikert auf. „Ich möchte Kaffee."

„Sag ich doch, es geht aufwärts", bestätigte Weikert.

„Sie hat sich also sehr um mich gekümmert", sagte ich. „Wir kennen uns doch kaum."

„Aber wir ziehen alle an einem Strang", sagte Kuhlbrodt.

„Nun ja", meinte Weikert mit einem gequälten Lächeln. „Ruh dich aus, Konrad. Es ist spät. Wir sehen nach dir."

Das Fieber kehrte nicht zurück. Ich schlief später tief und traumlos. –

Am nächsten Tag ging es mir schon spürbar besser. Ich war fieberfrei, duschte, zog mich an und inspizierte die Kammer

Hildes. Offensichtlich hatte ihre Mutter alles so gelassen, als ihre Tochter ausgezogen war. In den Regalen standen die Bücher ihrer Jugendzeit; kleine Utensilien und Figuren verrieten, was sie früher gemocht hatte. Neben dem schrägen Fenster baumelte ein Flaschenöffner an einer Telefonschnur vom Querbalken. Ich hebelte das Fenster auf und sah nach unten. An den Kastanien begannen die Früchte zu platzen. Der September nahte.

Ich fühlte mich hilflos. Wie sollte das alles weitergehen? –

Abends trank ich mit Hilde, Kuhlbrodt und Weikert in der benachbarten Mansardenwohnung mein erstes Bier nach der Grippe. Weikert brachte Neuigkeiten mit. „In die Villa drang heute Morgen das BKA ein. Sie mussten natürlich leere Räume vorfinden, was zusätzlich verdächtig erscheinen wird. Aber macht euch keine Sorgen", meinte er zu Hilde gewandt. „Auf euch fällt kein Schatten."

„Was wird aus mir?" fragte ich.

„Du bist wieder gesund. Geh nach Hause", sagte Weikert. „Es wird nichts passieren. Ich glaube – es ist vorbei, fast."

„Was wirst du tun?"

„Ich gehe zu Stella. Ich werde sie fragen, ob sie mitkommen will."

Ich senkte die Augen. Hilde fragte: „Du lässt uns allein?"

„Man kommt gegen dieses System nicht an. Einen Versuch war's wert. Ich werfe das Handtuch. Wenn man sich überdies noch uneinig ist, na dann weiß ich auch nicht. Deshalb", sagte Weikert, „wird das unser letzter Abend sein. Aber Konrad, wir beide sehen uns noch mal."

Kuhlbrodt wirkte konsterniert und Hilde griff nach einem Taschentuch. Mir ging anderes durch den Kopf. –

In dieser Nacht schlief ich noch einmal in Hildes Kammer. Sie und Kuhlbrodt waren mir ans Herz gewachsen. Ich fühlte mich hier geborgen. –

Als ich vormittags in meiner Wohnung eintraf, kam mir alles öde und leer vor. Ich begann gedankenverloren die wenigen Blumen, die ich besaß, mit Wasser zu versorgen. Stella wollte ich nicht anrufen, um mich nach dem Stand der Dinge zu erkundigen. Ging sie nun mit oder nicht? Weikert könnte möglicherweise ans Telefon gehen. Und was meinte er mit dem nochmaligen Sehen? Bei einbrechender Dunkelheit wurde ich klüger. Er klingelte bei mir. Ich ließ ihn ein. Weikert war diesmal wie ein Geschäftsmann gekleidet, mit Aktentasche, Schlips, weißem Hemd und Sakko.

„Dir ist hoffentlich niemand gefolgt?" fragte ich besorgt.

„Nein." Weikert wirkte müde und abgespannt. Er sackte auf die Couch und stellte die Tasche weg. Dabei hob sich sein Sakko ein wenig und ich gewahrte eine Waffe im Hosenbund.

„Ich habe grade Kaffee gemacht", sagte ich. „Magst du eine Tasse?" Er sah zu mir auf. „Gut, aber mach ihn bitte etwas schärfer." Ich griff nach meiner Cognacflasche. Dann setzte ich mich zu ihm. „Du hast eine Knarre?"

Weikert lächelte. „Nur für den Fall. Ich fliege heute Nacht. Die Waffe werfe ich vorher weg."

Er entzündete eine Zigarette und bot mir eine an.

„Wo willst du denn hin?" fragte ich.

„Ich setze mich ab, ins Ausland. Ich habe Unterlagen. Mehr brauchst du nicht zu wissen."

„Jetzt sagst du das schon wieder. Das soll's also gewesen sein?"

„Noch nicht ganz. Uns fehlt eben ein Verwaltungssitz. Man kann keine Maßnahmen von zu Hause aus regeln. Ich verschlafe das jetzt nicht. Es wird zu heiß. Für dich ist es auch vorbei. Such dir einen richtigen Job."

„Was wird denn aus den anderen, aus Pasold, Dombrowski und allen?"

„Die sind mir egal. Man muss sehen, wie man zurechtkommt."

„Das ist ja das Übliche", entfuhr es mir. „Wenn die Felle wegschwimmen, dann denkt jeder an sich..."

Weikert sah mich strafend an. „Was weißt du schon? Halte dich mit solchen Äußerungen zurück. Du hattest nie Verantwortung. In Gefahr hast du dich nie groß begeben. Sei froh, dass du aus allem schadlos herauskommst. Dein Name wird nirgendwo auftauchen. Du bist nirgends gelistet. Wir haben eh die Akten vernichtet." Ich dachte an seine Knarre. Er hatte wohl Recht.

„Ja, schon gut. Aber was meinst du damit, das ist noch nicht alles gewesen?"

„Fischbach hatte einen Plan ausgearbeitet. Wir waren alle daran beteiligt. Morgen Schlag zehn wird es in mehreren Rathäusern krachen. Dass du mir nichts davon verlauten lässt, niemandem gegenüber!"

„Was denn, Sprengladungen?" fragte ich erschrocken.

„Hast du gedacht, Wunderkerzen? an wird sich wundern. Das Land wird erschüttern."

„Geht das nicht zu weit? Das ist Wahnsinn!"

Weikert sah auf seine Uhr. „Ich muss los." Er erhob sich. Bisher hatte er mit keiner Silbe Stella erwähnt. „Komm her, alter Banause", sagte er.

„Was wird aus Stella?" fragte ich. „Nimmst du sie mit?"

Weikert ließ mich los. „Denkst du, ich schlafe auf dem Mond?"

„Was willst du damit sagen?"

„Ihr kennt euch. Du hast sie wieder getroffen. Sicher wirst du ab und an eine Zeitschrift bei ihr erworben haben." Er zog mit dem Zeigefinger ein Augenlid herab. „Sie wird dir auch kürzlich erzählt haben, dass ich verreist bin. Ich wette, diese Chance hast du nicht ausgelassen." Ich errötete.

„Außerdem steht es mit unserer Beziehung nicht gerade zum Besten", fuhr Weikert fort. „Sie wollte ein ruhiges Leben. Stella kommt nicht mit."

„Sie kommt nicht mit?"

„Sie – kommt – nicht mit. Kümmer dich um sie. Sie ist ein guter Mensch. Es gibt überall Frauen", sagte er. „Auch die Jüdinnen sollen sehr schön sein. Mach's gut. Ich ruf dich nicht an." Er umarmte mich, griff nach der Aktentasche und ging zur Tür. „Danke, Rainer", sagte ich im Flur. Weikert winkte ab. „Ich danke auch dir." Ich sah ihm nach, als er die Treppen hinab stieg.

Im Wohnzimmer setzte ich mich wieder an den Tisch und holte den Cognac. Es war vorbei. Es ging mir nur nicht in den Kopf. Was meinte er mit den Jüdinnen? Ich dachte an das Israel-Ticket. Und was war mit den ganzen Beteiligten? Ich würde mir tatsächlich etwas Bodenständiges suchen müssen. Dabei hoffte ich ein wenig auf Stella. Sie hatte noch nicht angerufen. Doch jetzt wollte auch ich sie nicht kontaktieren.

Ich sinnierte über die groß angelegte Aktion Fischbachs. Er hatte sie mit den anderen offenbar schon länger geplant, um nun ein unwiderlegbares Zeichen ihrer Existenz zu setzen, da man wohl doch zu wenig Echo fand. Da ihnen vorerst ein Ort fehlte, um getarnt zu agieren, würden sie abwarten, bis sich etwas Neues ergab. Vielleicht war es auch ihr letzter Plan, um sich mit einem Knall zu verabschieden. Sie würden sich alle in dieses System integrieren müssen, mit mehr oder weniger Anpassung und mehr oder weniger Ehrlichkeit. Denn ich musste selbst zugeben, in dieser so genannten Demokratie waren jedem loyalen Bürger auf gewisse Weise die Hände gebunden.

Man war geradezu gezwungen, so zu sein wie die anderen. Es würde weitergehen, das Ganze. Der entsetzliche Papierkram, welcher den des vor zwölf Jahren ausgehebelten Regimes bei weitem überstieg; die Korruption; der Sumpf der Beziehungen; der Filz, der auf völlig genormte Weise die Ehefrauen, Töchter und Söhne von Wirtschaftsbossen, designierten Nachfolgern und Kronprinzen in der Politik miteinander verwob; die lächelnden, heuchelnden Gesichter, hinter deren Fassaden Intrigen geschmiedet wurden; die Sitzmulden der Schreibtischsessel, die darauf hindeuteten, dass sich die Wendehälse längst in die neue Ordnung hinübergerettet hatten; die Vetternwirtschaft; das Verschieben von Arbeitsplätzen und Wohnungen; das Schmieren von einflussreichen Persönlichkeiten, um einen Fuß auf den fahrenden Zug zu bekommen.

War Weikerts und Fischbachs Idee so falsch gewesen, diese Welt an ihrem Weiterbestehen zu hindern? Andererseits war es eine gefährliche Gratwanderung. Ich erinnerte mich an historische Gleichnisse. Es konnte auf diese Weise nicht gelingen. Man würde die Trümmer wegräumen, Akten abheften und andere, womöglich noch Verlogenere in das Amt einführen. Sollte es einen geben, der mit der Faust auf den Tisch haute und lauthals Gerechtigkeit forderte, würde man ihn übermeckern, auf bestehende Gesetze pochen, opportun sein. Man würde ihm sagen, dass er sich nur Feinde schaffe. Denn so, wie es lief, lief es gut. Man hatte seine Diäten, Pool, Haus, First-Class-Flüge. Da mochte man keine Querulanten. –

Es war schon ein Uhr, als ich noch einmal auf die Straße ging. Heute Nacht war alles still. Ich hatte ordentlich dem Cognac zugesprochen; die Trennung von Weikert und die überraschende Zäsur in meinem Leben hatten mich erschreckt. Und noch etwas war mir klar geworden: Dass ich seit einigen Monaten nicht mehr Herr meiner Lage war.

Die Luft war sauber und voller Gerüche. Nur die Natur schien unschuldig zu sein. Meine Schritte lenkten mich in die City. Weikert würde längst seinen Flug genommen haben. Er war aus meinem Leben verschwunden wie ein Geist; genauso, wie er damals auftauchte. Ich würde morgen gleich Stella aufsuchen. Vielleicht wartete sie auch schon auf ein Zeichen von mir.

Stella! Ich wurde bei dem Gedanken an sie glücklich. Vielleicht würden wir ein Paar. Weikert hatte gesagt, „kümmer dich um sie", Stella war mir gegenüber nicht abgeneigt. Ein neuer Abschnitt könnte beginnen. Sie war so unkompliziert und locker; ich begann sie mit Saskia zu vergleichen, meiner Ex, die alles so genau genommen hatte. Stella würde sich auch etwas suchen müssen, wir beide; die Geldquelle Weikert war höchstwahrscheinlich erschöpft; aber mit Stellas Erscheinung würde das vielleicht kein Problem sein, Kontakte und etwas Neues zu finden.

Ich versuchte mir Saskia vorzustellen, als ich in der Innenstadt ankam, ihren Blick; ich Hand in Hand mit einer Schönen. Das würde sie mir bestimmt nicht zutrauen, einem Versager, einem Arbeitslosen aus ihrer Sicht. Ja, nicht jeder muss es ins Rathaus schaffen.

Ich blieb wie angewurzelt stehen. Rathaus! Saskia arbeitete im Rathaus! Und sie war schwanger! Morgen zehn Uhr würde es

144

krachen. Und was würde aus den anderen Unschuldigen werden, den Mitarbeitern, die dort ihren Dienst versahen?

Mir fiel ein, dass es unzählige Tote geben könnte.

Im Präsidium ging es hektisch zu. Gollan und Sehm wurden am frühen Morgen bereits in der Vorhalle informiert, dass in der Nacht eine anonyme männliche Person mit verstellter Stimme angerufen hätte, im städtischen Rathaus befände sich ein Sprengsatz. Man war zunächst skeptisch, doch der Unbekannte hatte behauptet, dies treffe auch auf Rathäuser umliegender größerer Ortschaften zu. Der Sache wurde nachgegangen; Teams schwärmten sofort aus und untersuchten die öffentlichen Gebäude. Schon machte das Wort Entwarnung die Runde, als die Spezialisten fündig wurden. Die Angestellten wurden tags darauf nicht in ihre Büros gelassen, bis man alles durchforscht, mehrere Sprengsätze gefunden und eliminiert hatte.

Gollan und Sehm hockten später in ihrem Büro. „Das BKA nimmt jetzt diese Sache in die Hand", sagte Gollan.

„Und unsere Mordfälle?" fragte Sehm.

„Mal sehen. Ich hab's grad beim Chef erfahren: Ein Cocktail ging heute vormittag doch hoch. In dieser Villa…"

Neun Uhr hatte es mich schon in die Nähe des Rathauses getrieben. Ich beobachtete den Auflauf der Leute; mir war klar, ich hatte diesen Plan zerstört. Plötzlich legte jemand seinen Arm an meine Hüfte. Es war Stella. „Ich hab drüben kurz zugesperrt", sagte sie. „Du hast dich lange nicht sehen lassen." Ich wandte mich ihr zu, umarmte sie und flüsterte in ihr Ohr: „Hast du davon gewusst?"

„Von was?"

„Man sucht hier nach Sprengsätzen. Und Rainer muss beteiligt gewesen sein. Er hat sich gestern von mir verabschiedet."

„Er war bei dir?"

„Ja, und ich habe heute Nacht die Bullen informiert. Rainer und ich sind in den letzten Tagen bei Freunden gewesen. Dort war er untergetaucht. Und ich lag dort mit einer Grippe im Bett."

„Du redest einen Wirrwarr."

„Ich möchte jetzt zu dir, frühstücken."

„Wie stellst du dir das vor? Ich muss arbeiten."

„Stella", ich sah sie an, „er ist weg. - Ich liebe dich."

„Schön sachte", sagte sie. Ich glitt mit meinen Händen durch ihr schwarzes Haar und schüttelte den Kopf. „Ich bin froh, dass ich raus bin." Sie schloss die Augen. „Komm heute Abend und erzähl mir alles."

Das Telefon klingelte. Gollan nahm den Hörer ab, meldete sich und lauschte. Er zog die Augenbrauen hoch und sagte: „Wir sind gleich bei Ihnen." Dann legte er auf.

„Was ist?" wollte Sehm wissen.

„Das war Frau Bäumler, Briesewitz' Tochter. Meine Nummer wird sie von diesem Nachbarn haben. Sie räumt die Sachen aus der Laube ihres Vaters. Dabei hat sie eine Art Tagebuch gefunden, Notizen..."

Sehm schnappte seine Jacke. „Dann nichts wie los. Vielleicht werden wir fündig." -

In der Laube stellten sich Gollan und Sehm vor und kondolierten. Frau Bäumler kramte nachdenklich in dem Büchlein. „Steno hab ich früher auch mal gekonnt", sagte sie.

146

„Ach, Steno", sagte Gollan, „das ist kein Problem." Sie reichte es hinüber.

„Wo haben Sie das gefunden?" fragte Sehm.

„Unter der Matratze."

Gollan verdrehte die Augen. „Soviel zur Spurensicherung. Also gut, wir müssen diese Notizen unbedingt sichten." -

Sehm mahnte im Büro: „Willst du nicht das BKA..."

„Scheiß drauf", sagte Gollan. „Das ist unser Fall. Hat doch mit der Villa nichts zu tun. Ich lass mir nicht die Butter vom Brot nehmen. Die kriegen das morgen."

„Und jetzt?"

„Jetzt lade ich dich in eine Kneipe ein und wir gehen das durch. Immerhin ist es achtzehn Uhr. Ich will einen Vorsprung haben."

Sehm lächelte. „Richtig entspannte Ermittlerarbeit." -

Nachdem die beiden in einer ruhigen Ecke ein Bier getrunken hatten, holte Gollan das Heftchen hervor. „Versuchen wir das zu entziffern."

Eine geschlagene halbe Stunde las Gollan. Schweigend und verdüstert versenkte er sich in die spärlichen Aufzeichnungen eines Mannes, der nicht mehr lebte. Schließlich sah Gollan auf. „Notiere. Wir haben was." Sehm griff nach dem Block.

„Schreib mal ein paar Buchstaben untereinander und lass etwas Platz zwischen ihnen."

„Als da wären?"

„P., M., F." Sehm schrieb.

„Das hier", sagte Gollan „ist vermutlich nur wenige Tage vor Briesewitz' Tod von ihm formuliert worden. Von diesem USA-Spiel ist auch die Rede, aber mehr so nebenbei. Und etliches Unwichtige, wie Einkäufe, die er getätigt hat und merkwürdige

Zeitungsmeldungen, die sich mit allem möglichen beschäftigen. Aber zum Schluss kommt das mit den Buchstaben. Nun gut, also vermerke unter P.: ‚P. war schon immer scharf – auf meine Angelausrüstung.' Punkt."

„Was soll denn der Mist?"

„Du begreifst rein gar nichts, Lutz. Wenn der Briesewitz so was in seinem Alter schriftlich festhält, ist das wichtig. Und dann noch in Steno."

„Vielleicht hast du Recht."

„Weiter, unter M.: ‚M. wird es irgendwann tun.'"

„Das ist alles über M.?"

„Ja, jetzt gleich weiter unter F.: ‚F. wird es anweisen. Die wollen mich fertigmachen.'"

„Das ist ein astreiner Mordplan", sagte Sehm. „Und alles wegen einer Angel." Er sah Gollan schelmisch an.

„Es geht nicht um die Angel. Aber es ist ein Hinweis. Da steckt mehr dahinter. Dieser Briesewitz war doch beim MfS."

„Das hilft uns im Moment auch nicht viel weiter. Außerdem hatte er einen Infarkt", sagte Sehm.

Gollan überlegte. „Es war sein erster Infarkt, obwohl das auch noch nicht ganz raus ist. Und diese Frau Bäumler sagte, dass ihr Vater einige Tage vorher Geburtstag … und dass sie ihn angerufen …und keine Zeit zum Besuch …und später nachholen…, so wie das immer ist. Mir fällt das Datum erst jetzt auf. Er hatte also Geburtstag."

„Und in der Laube", sagte Sehm, „roch es nach altem Zigarettenqualm, wurde festgestellt. Der Briesewitz rauchte nicht."

„Du meinst, er hatte an seinem Todestag vielleicht Bekannte

eingeladen…"

„Möglich."

„Und was hatte er wohl für Bekannte?" schlussfolgerte Gollan.

„Alte Bekannte", sagte Sehm.

„Woher wohl? Aus der Firma. Die ihm ans Leder wollten. Aber warum? Das gilt es herauszufinden, wenn es denn überhaupt stimmt. Aber diese Aufzeichnungen verraten da schon einiges. Tarnnamen, Abkürzungen; wer ist P., M., F.."

„Steht da noch mehr?" fragte Sehm.

„Nun, ,H. ist mir nicht gewogen, bei W. bin ich im Zweifel, D. mimt den Kumpelhaften…' Dem müssen wir nachgehen. Lutz, ich bin müde. Wir machen morgen weiter."

„Ich versteh immer noch nicht, wieso in der Villa ein Sprengsatz hochging", sagte Sehm am nächsten Morgen.

„Ich auch nicht", sagte Gollan. „Vor allem fand das BKA die Villa vorgestern völlig leer vor. Diese Immobilienfirma ist ausgeflogen. Im Handelsregister war alles getürkt."

„Also – war das offensichtlich der Sitz einer - Terrorgruppe."

„Und warum legt diese Gruppe in ihrem eigenen Amtssitz eine Ladung? Nicht, um Spuren zu verwischen. War doch alles weg."

Gollan überlegte.

„Wohl eher, um eine Spur zu legen", meinte Sehm.

„Das seh ich auch so. Vielleicht von einem Abtrünnigen."

„Was sollen wir tun?" fragte Sehm.

„Es ist zum Kotzen", sagte Gollan, „Na gut, wir setzen den Hebel woanders an. Lutz, kümmern wir uns eben um den Tod von Briesewitz. Einen Aufhänger haben wir: die Angelausrüstung. Ich habe sie gesehen. Sie ist noch vorhanden."

„Du willst inserieren?"

„Die Tochter wird inserieren. Ich werde sie überreden. ‚Zu verschenken, abzuholen bei Bäumler, Sparte An der Vogelweide, Nummer 68.' - Ich werde auf P. warten."

„Damit willst du Erfolg haben?" fragte Sehm.

„Wir haben keine Wahl. Und du kennst die Gier der Menschen nicht."

Die Anzeige erschien am übernächsten Morgen.

Stella legte ihre Hände auf meine Schultern. Ich saß im Morgenmantel am Tisch und las die Tageszeitung. „Konrad", sagte sie, „ich hab da was für dich." Ich legte das Journal weg, zog sie herum und nahm sie auf meinen Schoß. Sie lächelte. „Du wohnst jetzt praktisch hier."

„Und?"

„Deshalb wirst auch du etwas für unsere Existenz tun müssen."

„Ein Job?"

„Ja. Eine Freundin hat ihn für mich über ihren Mann vermittelt. Da ist eine Stelle frei geworden. Nur Paketsortierer. Für den Anfang. Das lässt sich doch machen, oder?"

„Aber ja." Ich lehnte meinen Kopf an ihren Hals. „Führen wir einfach ein normales Leben. Hat er dir was hinterlassen?"

„Ja. Doch das legen wir zurück."

„Wir? Du sagst wir?"

„Nun, sind wir denn kein Paar?"

„Ich hab dir viel zu verdanken, Stella", sagte ich.

Gollan trug dünne dunkle Handschuhe und tastete nach seiner Thermoskanne. Er saß in dieser Nacht in der Abstellkammer neben dem Lokus von Briesewitz in einer zurechtgemachten Nische hinter Regalen. Wenn ihn die Blase drückte, so war der Weg nicht weit. Und Frau Bäumlers Raumspray tat das Übrige.

Die Laube war in Dunkel gehüllt. Nur das Mondlicht warf seinen blassen Schein durch das winzige Kammerfenster auf die Angelausrüstung. Gollan begann zu zweifeln, ob sich dieses Unterfangen lohnen würde. Das Schloss hatte er in Absprache mit der Bäumler am Abend nur lose eingehängt. Irgendwo draußen trieb sich Sehm herum und beobachtete die Hütte.

Gollan griff nach einer kleinen Cognacflasche und goss etwas davon in den Kaffee. Die Nacht war lau; in der Kammer war es stickig, doch das konnte er sich nicht verwehren. Und er begann zu grübeln.

Nach dem Abitur, dem dreijährigen Dienst in der NVA und dem anschließenden Studium der Kriminologie hatte er angefangen, vor vielen Jahren. Jung, sportlich, mit Ambitionen. Ihm war klar, dass er durch diese Schule musste. Und es war ihm gelungen, in der Mordkommission Fuß zu fassen und sich bis zum Kommissar hochzuarbeiten, wobei er immer noch auf den „Haupt" wartete. Aufgrund der wenigen Freizeit sollte ihm eine haltbare Ehe nie beschieden sein.

Die Wende hatte er persönlich nicht so gut empfunden, was das Berufliche betraf. Irgendwelche jüngeren Vorgesetzten aus dem Westen übernahmen das Zepter und machten unbeschreibliche Hektik. Das konnte er privat schwer verdauen. Es hatte seine Zeit gebraucht, bis er die innere Logik dieses Systems durchschaute, die Winkelzüge, die Hierarchien, die kaum offen zu legen waren, die Intrigen, das Kompetenzgerangel; ja, auch bei der Polizei traf es zu, dass manche kratzten und anschwärzten. Bei derlei Dingen war es kein Wunder, dass vieles ungeklärt blieb.

Früher hatte man noch an einem Strang gezogen. Einer stand für den anderen ein. Jetzt gab es Differenzen, Sitzungen, Überstunden, Personalprobleme…

Gollan schreckte auf. An der Kammertür machte sich jemand zu schaffen. ‚Na also', dachte er und schob die rechte Hand in seine Manteltasche, wo er die Pistole verwahrte.

Der Eindringling trat in den Raum. Er musste sich nicht bücken; er war von kleiner Statur und schlank. Eine Taschenlampe überflog mit ihrem Licht die rechte Wand und blieb an den Angelutensilien hängen. Gollan wartete hinter den Regalen ab. Der kleine Mann verstaute in einer Tasche Haken, Schnüre, diverse Rollen und nahm die Ruten ehrfürchtig aus den vorgesehenen Fächern, die Briesewitz angefertigt hatte. Er wandte sich um und ließ den Strahl der Lampe weiterwandern. Vielleicht war noch anderes zu holen. Doch das Licht traf auf Gollan. Pasold erstarrte.

„Blenden Sie mich nicht so", sagte Gollan. Pasold senkte die Lampe.

„Der Briesewitz braucht die Angeln nicht mehr", redete Gollan weiter.

„Wer um Gottes Willen sind Sie?" fragte Pasold. Gollan hatte die Hand schon aus der Tasche gezogen und schenkte sich Kaffee ein. Das Gebräu plätscherte in die Tasse. Pasold wusste nicht, was er davon halten sollte. „Ein Freund", sagte Gollan. Er reichte im Halbdunkel Pasold den Flachmann hinüber. „Auch einen Schluck?" Verunsichert nahm Pasold die Flasche und trank. „Was für ein Freund, von Briesewitz?"

„Ach was, der Briesewitz ist tot, was soll's. Kann ich auch noch mal?" Gollan verlangte nach dem Cognac.

„Verdammt, was machen Sie hier? Sind Sie ein Penner?" Pasold wurde fahrig. Gollan verstaute die Flasche in der linken Innentasche und schob die Hand wieder zur Waffe. „Obwohl, Sie nehmen einfach so die Angeln mit. Das ist nicht Recht."

„Was ist schon Recht? Was geht Sie das an? Wer schickt Sie?"

„Das BKA!"

Pasold knallte die Angeln gegen die Wand. Gollan zog die Pistole. „Keine unüberlegten Sachen jetzt." Pasold wich zurück. „Ich nehme sie wegen Diebstahls vorläufig fest." Gollan erhob sich aus seiner Nische und näherte sich Pasold, der einen Ausfall versuchte. Aber vor der Kammertür stand Sehm.

Gollan saß im Verhörzimmer Pasold gegenüber, dessen Personalien man bereits aufgenommen hatte. Pasold sah den Ermittler mit saurer Miene an. Gollan schob ihm Zigaretten und einen Becher Kaffee hin. „Machen wir's kurz", sagte er. „Ich bin müde nach dieser Nachtschicht und auch nicht mehr der Jüngste, Herr Pasold."

„Ja, machen wir's kurz. Ich wollte die Angeln stehlen, habe die Annonce gelesen; das war mir zu teuer. Ich hätte das nicht tun sollen, das sehe ich ein."

„Waren Sie nicht überrascht, dass das Schloss nur eingehängt war?"

„Ja, das schon. Leichtsinnig", sagte Pasold. „Ich hätte es eben aufbrechen müssen. Tut mir alles sehr leid. Ich erwarte mein Strafmaß."

„Das geht mir dann doch etwas zu schnell trotz der Müdigkeit", sagte Gollan. „Sie arbeiten also bei der Post?"

„Ja, warum? Als Zusteller. Nicht immer, aber man rekrutiert mich oft."

„,Rekrutieren' klingt gut. Und braucht man da nicht ein polizeiliches Führungszeugnis?"

„Damit gab's keine Probleme. Ich hab mir nie etwas zuschulden kommen lassen."

„Welcher Tätigkeit gingen Sie denn früher nach, Herr Pasold?"

„Was sollen diese Fragen?"

„Der Vollständigkeit halber."

„Ich war Sachbearbeiter in einer Firma. Viel Papierkram. Auch vertrauliche Dinge. Ich habe in keinster Weise Unterlagen verfälscht, unterschlagen oder vernichtet." Pasold sprach entschlossen.

Gollan lächelte. „Sachbearbeiter klingt auch gut."

„Ich verstehe nicht." Pasold schüttelte den Kopf.

„Wir wissen, dass Sie Briesewitz kannten", legte Gollan fest.

„Na und? Flüchtig."

„Woher?"

„Von früher. Er ist ein alter Freund."

„Aus der Firma? Aus der Zeit als ,Sachbearbeiter'? Wir wissen überdies, dass er beim MfS war."

Pasolds Augen wurden schmal. „Das ist mir neu. Das muss er vor mir geheim gehalten haben."

„Der alte Freund… Der Briesewitz hat Tagebuch geführt." Gollan fixierte Pasold eindringlich. „Ihr Name taucht da auf."

„Mein Name? Was soll denn da drinstehen?"

„Das mit der Angelausrüstung. Dass Sie scharf darauf seien."

„Ich hab ihn mal zu Hause besucht. Vielleicht ist mir

diesbezüglich was rausgerutscht. Er hat sie mir gezeigt; er hatte sie in seinem Wagen mit und wollte auf Tour."

„Wann haben Sie Briesewitz das letzte Mal besucht, Herr Pasold?"

„Das weiß ich jetzt nicht mehr."

„Waren Sie je in seiner Laube?"

„Nein, da hat er sich zurückgezogen."

„In der Nacht zum 22. Juni ist er verstorben. Wann erfuhren Sie davon?"

„Viel später, telefonisch, von Bekannten; ich war erschüttert."

„Und da stehlen Sie seine Angeln?" fragte Gollan vorwurfsvoll.

„Ach", Pasold winkte ab, „ich bin eben ein Freak. Ich hätte sie in Ehren gehalten. Sie waren eh' zu verschenken." Gollan lehnte sich zurück. „Die ganze Sache war ein schlimmer Fehler, der Ihnen unterlaufen ist."

„Wieso?"

„Weil wir Grund zu der Annahme haben, dass Briesewitz keines natürlichen Todes starb."

„Was?" Pasold riss die Augen auf. „Er hatte doch einen Infarkt."

„Sollten wohl alle denken", meinte Gollan lapidar.

„Wie kommt man zu dieser Annahme?"

„Alles an seinem Tod ist ungewöhnlich. Ein erster Infarkt erwischt einen in der Regel ziemlich plötzlich. Aber Briesewitz lag merkwürdig friedlich in seinem Bett, und das Labor hat die Untersuchungen noch nicht ganz ausgewertet. Man vermutet da etwas anderes. Und in der Laube roch es nach Rauch. Briesewitz hatte diesem Laster lange abgeschworen."

„Er wird wohl doch einen Besucher empfangen haben."

„Wir haben Ihre Fingerabdrücke genommen", sagte Gollan

übergangslos.

„Wozu? Woher haben Sie die?"

„Sie haben meinen Flachmann in der Kammer von Briesewitz angefasst."

„Na und? Was soll das?"

„Diese Fingerabdrücke haben wir mit anderen in der Laube verglichen. Sie sind identisch", log Gollan. „Sie waren definitiv in seiner Laube."

„Das kann ich mir nicht vorstellen." Pasold blieb kalt.

„Fakt bleibt: Als ihn ein Nachbar am nächsten Morgen fand, deuteten mehrere Hinweise auf einen Besuch hin. Bloß, wer war an diesem vorherigen Abend da?"

„Ich habe keine Ahnung."

„In diesem Tagebuch stand noch mehr, und zwar, dass man ihn offensichtlich aus dem Weg räumen wollte."

„So etwas können Sie mir nicht anhängen", stieß Pasold hervor.

„Ich habe ja nicht gesagt, dass Sie derjenige waren. Aber nun ist er tot. Und wenn eine unnatürliche Todesursache nachgewiesen wird und Ihre Fingerabdrücke in der Laube sind, dann läuft das auf eine lange Ermittlung hinaus. Man wird stochern und irgendetwas finden."

„Reine Indizien. Wo sollen diese Fingerabdrücke gewesen sein?"

„Auf Flaschen. Flaschen, die kurz zuvor geleert wurden. Herr Pasold, wenn Sie mit uns zusammenarbeiten wollen, dann wird man das an gegebener Stelle zu würdigen wissen. Andernfalls geraten Sie unter Mordverdacht." Gollan lehnte sich zurück. Er war entschieden zu weit gegangen. Aber mittlerweile frustrierten ihn die ausbleibenden Ergebnisse.

Gollan hatte nicht bemerkt, wie Pasold in der Zwischenzeit

erblasst war. Der Lüge wegen vermied er den Augenkontakt. Als er den Kopf hob, verzog sich Pasolds Gesicht zu einer Grimasse. „Immer mach ich hier den Arsch!" schrie er. „Einige waren an diesem Abend da, einige!" Gollan blieb gelassen. „Und wer ist es gewesen?" fragte er leise. Pasold fuchtelte mit den Händen. „Der Apotheker war es, dieser Münch, mit Gift! Der Briesewitz wurde mit Gift unschädlich gemacht! Der zog nicht mehr mit! Ich habe damit nichts zu tun! Wie hätte ich das verhindern sollen? Der Fischbach hat es angewiesen!" Pasolds Stirnadern waren angeschwollen.

„Wer war noch dabei?" Gollan bot eine Zigarette an, die Pasold mit zitternden Händen entgegennahm, anzündete und gierig daran sog. Er wurde ruhiger. „Hebestreit", sagte er. „Hebestreit, dieser Hund. Der war völlig wild auf so was, ein ganz scharfer. Und jetzt ist mir's egal", Pasold gestikulierte wieder, „der hat auch einen gewissen Golombek überfahren!"

Gollan griff sich an den Kopf. Jetzt brauchte auch er einen Kaffee. Da war die Verbindung! Die Verbindung zu diesen Gewalttaten. Das war von diesem Klüngel ausgegangen.

Pasold dachte fieberhaft nach. Seinen Freund Dombrowski wollte er auf keinen Fall ans Messer liefern. Und Weikert – nun, Weikert war ihm im Prinzip immer gewogen gewesen, immer auf der Seite der Schwächeren. „Ich war mehr so ein Mitläufer", sagte er. „Das sagen alle vor Gericht", meinte Gollan. Pasold stierte Gollan an. „Nun rasten Sie nicht gleich wieder aus", beschwichtigte der Kommissar. „Wie gesagt, wenn Sie auspacken, macht sich das bezahlt. – Wer war noch da?"

„Einer, den ich nicht kannte, offenbar ein Neuling", wich Pasold aus.

„Wer noch?"

„Sonst niemand."

„Na gut, die vollständigen Namen und Adressen notieren wir dann. Aber was mich interessiert: Sie gehörten ja nun offenbar einer Gruppierung an; wo zog Briesewitz nicht mehr mit?"

„Bei unseren Zielen."

„Welchen Zielen?"

„Die Schwächung der Starken und die Stärkung der Schwachen." Gollan überlegte. „Mit welchem Ergebnis?"

„Mehr Gerechtigkeit."

„Mit Mord?" Auf die Frage hin schwieg Pasold.

„Von wo aus agierte diese Gruppierung?"

„Von einer alten Villa aus. Wir hatten sie angemietet."

Gollan schreckte auf. „Doch nicht etwa die Villa, in der dieser Sprengsatz hochging?"

„Ja", sagte Pasold, „genau die."

„Die bei dem Holzschuppen, an der Parkstraße?"

„Ja."

Gollan konnte es nicht fassen. Sehm hinter der Glasscheibe rang die Hände und tigerte hin und her.

„Warum hat es denn in dieser Villa gekracht?" fragte Gollan.

„Keine Ahnung", meinte Pasold entmutigt, „das ist selbst mir schleierhaft. Vielleicht war es ein Zeichen."

„Ja", sagte Gollan, „ein Zeichen, dass von da alles ausging." Pasold stierte vor sich hin. „Natürlich", vollendete Gollan, „ein Hinweis von einem, der sich mit einem Paukenschlag verabschiedet hat." Sie schwiegen. Doch nach einer längeren Überlegung fragte Gollan: „Dann hat wohl dieser Apotheker, dieser Münch, auch Schneidereit aus dem Weg geräumt, der

158

Mann, der Verdacht schöpfte, in Bezug auf diese Villa?"

„So ist es", sagte Pasold demütig, „in seiner Funktion als Arzt."

Am nächsten Vormittag kam Gollan vom Chef in sein Büro. Sehm erwartete ihn schon. „Und, schlimm?"

„Ach was. Ein paar Vorwürfe. Das verspätete Abgeben der Briesewitz-Unterlagen, meine Eigenmächtigkeit bei der Verhaftung Pasolds. Aber wir haben eine Menge aufgedeckt, im Alleingang. Die Verbindung Villa-Mordfälle. Die Fahndung läuft."

„Nach wem?"

„Fischbach, Hebestreit."

„Und Münch?"

Gollan zwinkerte Sehm zu. „Das machen wir, dann gleich."

Sehm überlegte. „Diesen Fischbach, den Kopf, vermute ich, hat man garantiert gewarnt."

„Die Grenzer wissen schon Bescheid. Das BKA schläft nicht."

Eine Stunde später betrat Gollan mit zwei Polizisten die Apotheke von Münch. Der Inhaber kam aus einem hinteren Raum und zuckte ein wenig zusammen, als er die Ankömmlinge erblickte. „Herr Münch", sagte Gollan, „lassen Sie jetzt mal die Tinkturen fahren und begleiten Sie uns zu Ihrer Wohnung. Ich habe hier einen Durchsuchungsbefehl." Gollan entfaltete das Blatt. Münch nahm die Brille ab. „Um Gottes Willen, was liegt vor?" Gollan blickte ihm in die Augen. „Herr Münch, ich erklär Ihnen das auf dem Weg, nicht hier im Laden. Sperren Sie zu." –
Wenig später stöberten die Beamten bereits in Schubladen, Schrankfächern und Nischen herum. Frau Münch lehnte entgeistert am Küchentisch. Ihr Mann sah sie etwas traurig an.

Gollan forschte selbst und brachte aus dem Badezimmer eine Box mit Medikamenten mit. Er setzte sich und kramte in den Arzneien. „Wozu brauchen Sie das alles, Herr Münch?"

„Also, hören Sie, ich bin erstens Apotheker, und zweitens hat jeder so ein Sammelsurium zu Hause..."

„Colchicin?" Gollan hob interessiert ein Fläschchen hoch.

„Ja, meine Frau plagt ab und an das Zipperlein..."

„Bei welchem Arzt sind Sie in Behandlung?" wollte Gollan wissen und wandte sich an Frau Münch.

„Ich behandle sie natürlich selbst", sagte Münch.

„Ist das nicht ein wenig gefährlich? Sie sind kein Arzt."

„Ich kenne die Dosis!"

„Sie kennen die Dosis, natürlich. Wenn man zuviel davon verabreicht bekommt, was passiert dann?"

„Vergiftungserscheinungen sind die Folge", sagte Münch.

„Es gab auch schon Todesfälle", sagte Gollan.

„Was soll das alles? Ich habe nichts getan", begehrte Münch auf. Gollan ging nicht darauf ein. Er grübelte. Dann stand er auf und wies einen der Beamten an: „Nehmen Sie alle Schals, die Sie finden, aus den Schränken mit ins Labor. Vorsichtig und eintüten bitte." Münch folgte Gollan auf der Wanderung durch die Räume. Seine Frau hatte sich in das Zimmer der Tochter verzogen, die glücklicherweise auf Klassenfahrt war. Aber auch ansonsten schwanden ihre Hoffnungen auf ein gutes Ende. Man hatte sich zu tief hineinmanövriert.

Die Beamten suchten vergeblich. „Ihre Wintersachen sind auf dem Speicher?" fragte Gollan. „Ich weiß nicht, was Sie wollen!" sagte Münch. „Es ist Sommer." Gollan winkte.

Auf dem Speicher befand sich ein alter Eichenschrank mit

Mänteln, Mützen und Wollpullovern. Dort wurde man fündig.

„Hören Sie, Herr Münch", sagte Gollan. „Wir haben lange geschlafen. Aber nun fügt sich das Puzzle zu einem Bild, zu einem Ganzen." Münch schüttelte den Kopf. „Doch", fügte Gollan hinzu, „das wird. Auch wir Bullen haben Trümpfe. Packen Sie lieber jetzt aus." Münch lächelte bitter. „Ich weiß nicht. Medikamente, Schals; das erscheint mir irrwitzig."

Sie stiegen nach unten. Gollan war unzufrieden. Pasolds Geschwafel, war das ernst zu nehmen? Er bog vehement nach rechts in das Wohnzimmer ab und wollte die Durchsuchung beenden. Dabei stieß er gegen die offen stehende Lade des Möbelstücks und brachte eine Skulptur zum Fallen, die er gerade noch auffangen konnte. Es war eine kleine schwarz lackierte afrikanische Frauenskulptur. Gollan sah Münch lange an. „Alles Gute kommt von oben." Er lächelte. „Abführen."

Nach dem verlängerten Wochenendurlaub kam Sehm Dienstagmorgen früh ins Büro und brühte Kaffee. Er ordnete ein wenig seine Schreibtischutensilien und schlürfte in Ruhe seine erste Tasse. Rückblickend konnte er sagen, dass er mit Gollan einen guten Lehrer gefunden hatte, der zwar grantig war, aber zielsicher schlussfolgerte. Die ganzen Winkelzüge, Tipps und Beobachtungen Gollans würden Sehm in seiner weiteren Laufbahn von Nutzen sein.

Da ging auch schon die Tür auf. „Morgen, Lutz."

„Morgen. Kaffee ist durch."

„Vorbildlich." Gollan schenkte sich ein und setzte sich auf seinen Stuhl. „Wie war der Urlaub?"

„Sehr entspannend", sagte Sehm. „Gibt's was Neues?"

„Oh ja. Diesen Fischbach hat man am Sonntag an der Grenze festgenommen, in Kiefersfelden. Die Beamten fanden in seinem Wagen eine Menge Schmuck sowie chiffrierte Papiere, aber das ist nicht unsere Sache."

„Klasse", nickte Sehm. „Soweit zu Mister F. Und Hebestreit?"

„Den haben sie noch nicht ausfindig gemacht. Auch Hebestreits Frau weiß angeblich nicht, wo er ist. Er sei schon eine ganze Weile aushäusig, behauptete sie. - Ach, und bei Münch haben wir doch diese Skulptur gefunden. Frau Schneidereit hat sie als ihr Eigentum identifiziert. An der Figur waren ihre Fingerabdrücke, um das zweifelsfrei zu untermauern. Die werden allerdings nicht gespeichert."

„Na, da haben wir ihn", sagte Sehm.

„Es kommt noch besser. An einem Schal von Münch haben wir die DNA, Hautzellen der Irene Flörchinger festgestellt."

„Er war auch ihr Mörder." Sehm überlegte. „Der Henker, der Mann für die Schmutzarbeit."

„Münch wird reden, verlass dich drauf. Er steckt ja schon bis zum Hals in der Scheiße."

„Und der Pool-Mord, geht der auch auf sein Konto?"

„Weiß ich nicht."

„Wir lasten es ihm einfach an."

„Nein, Lutz!" fuhr Gollan Sehm scharf an. „Nicht ohne Beweise!"

„Ist ja schon gut", beschwichtigte Sehm. „Ich werd hier wohl auch gar nicht mehr gebraucht."

„Doch, Lutz. Pasold sitzt ja nun. Er macht aber zu. Ist verbittert. Wir haben bei ihm auch eine Durchsuchung angeordnet." Er kramte auf dem Schreibtisch und zog ein Kärtchen hervor. „Wir haben nichts Besonderes entdeckt, außer dieser Nummer eines

Ewald Dombrowski. Versicherungsvertreter. Das kommt mir spanisch vor. Vielleicht ist es dieser D. Auf unsere Fragen hin sagte Pasold nur, dass es ein ehemaliger Steuerberater gewesen sei."

„Und?" fragte Sehm.

„Wir werden Pasold ein Handy zuschleusen, auf welche Weise auch immer. Er wird telefonieren. Wir haben kein Problem, diesen Dombrowski ausfindig zu machen, aber wir brauchen Beweise."

„Das ist nicht erlaubt", wandte Sehm ein.

„Ach, auf einmal regt sich dein Gewissen", Gollan stützte sich mit den Händen auf der Platte ab, „wir haben's mit Bombenlegern zu tun."

Ewald Dombrowski lehnte sich an diesem Abend im Sessel zurück und starrte in den soeben ausgeschalteten Fernseher. Der Monitor knisterte. Seine Frau weilte bei ihrer Mutter, die Dombrowski nicht mochte. Doch das beruhte auf Gegenseitigkeit. Außerdem war es günstig, dass die Gattin nichts von dem Zirkus mit Pasold mitbekommen hatte.

Dombrowski erhob sich mühsam, legte eine Schallplatte auf den Teller und drehte leiser, wie er es früher als Jugendlicher getan hatte, so dass es der Vater nicht hören konnte. Doch jetzt war es Mascagni und damals Rock'n Roll, was er nicht durfte. Westmusik. Er hatte oft mit dem Vater diskutiert, es seien nur Klänge. Doch dieser ließ dieses Argument nicht gelten. Das alles war in seinen Augen Dekadenz. Lange Haare, nichts in der Birne, Störenfriede... ‚Diene unserer Sache', hatte der Vater gemahnt. ‚So wie ich. Trete in meine Fußstapfen.'

Das wollte Ewald auch und tat es dann. Der Vater kannte Ewalds Staatsbürgerkundelehrer, der in der Schule ständig auf Kadersuche war. Dort freundete sich Ewald auch mit diesem Mario an, Mario Pasold, diesem drahtigen, misstrauischen Typen. Doch sie verstanden sich von Anfang an gut. Ewald war etwas füllig, aber dennoch kräftig, und sie bildeten ein seltsames Paar. Und fortan wurde auch Pasold nicht mehr belästigt, den man gehänselt und verachtet hatte. Ihre Freundschaft festigte sich und sie begannen nach der Schulzeit eine Lehre, die sie weiterhin verband, am selben Ort, in derselben Klasse. Im Anschluss an die Berufsausbildung war Pasold ebenfalls völlig überzeugt, der ‚guten Sache' zu dienen, denn Ewalds Anschauungen waren die gleichen.

Später schrieben sie sich Briefe. Im Wachregiment war es Mario wie Schuppen von den Augen gefallen, dass der Spaß ein Ende hatte. Er war wieder auf sich allein gestellt. Ewald hatte dieser Umstand aufgeregt, und er hatte Mario mitgeteilt, sich endlich einmal durchzubeißen. Und Mario kämpfte.

Manchmal besuchten sie sich in dieser Zeit, und Ewald hatte eine Laufbahn eingeschlagen, in der er sich Schritt für Schritt verlässlich hocharbeitete. Bei Pasold lief es nicht so gut. Die Firma duldete keine Schwächlinge.

Als die Wende kam, hatte Ewald Mario aus dem Blickfeld verloren, weil beide umgezogen waren. Und dann kam dieser denkwürdige Tag, an dem Pasold vor Ewalds Tür stand, mit einem Paket. Ewald erkannte ihn sofort, und Pasold hatte sich geschämt. Wer war er schon? Ein Zusteller.

Doch nach der ersten Wiedersehensfreude von Seiten Ewalds hatte er Pasold herein gezogen und gesagt, dass er ihn brauche, für wichtige Aufgaben. Pasold wurde wieder ganz der alte...

Und jetzt saß Pasold in U-Haft. ‚Schon schwer in Ordnung, dass er mich gewarnt hat', dachte Dombrowski. ‚Wir sind halt aufgeflogen. Es ist nur zu dumm, dass er nie ein Handy von einem Knastkumpel kriegen würde. Da ist was faul. Er denkt nicht richtig nach. Ich muss packen.'

Dombrowski erhob sich und sah lange den Plattenspieler an. Dann entfernte er sich und ging in den Keller. Was würde seine Frau wohl von ihm denken? Sie wusste längst nicht alles.

Unten stand er vor seinem Weinregal und angelte sich zwei Flaschen des köstlichen Burgunders, den er aus der Villa herübergerettet hatte. Oben entkorkte er eine und ließ das Getränk atmen.

‚So ein dummer Hund', dachte Dombrowski plötzlich und krallte sich vom Schlafzimmerschrank einen Koffer. ‚Will die Angelausrüstung klauen und liefert noch Münch und Fischbach ans Messer. Mit solchen Leuten kann man keinen Krieg gewinnen. Und gewiss hat er noch mehr geredet, Fehler gemacht. Irgendwas wird man mir nachweisen.' Dombrowski öffnete den Koffer und betrachtete die Leere. Er ging zurück ins Wohnzimmer, goss sich ein großes Glas des Weins ein und trank. ‚Was waren das damals für Zeiten?' dachte Dombrowski. Was hatten sie gesoffen auf diesen so genannten Lehrgängen? In den Kurheimen im Schatten alter Fichten. Das war doch ein Leben. Weit weg vom Trubel, mit Sauna und Nachtspeicheröfen, in den holzgetäfelten Bars.

Morgens turnten sie ein wenig im Trainingsanzug herum, nachdem die Kohlmeisen sie geweckt hatten. So pro forma...

Dombrowski schenkte sich erneut ein. Mascagni war lange

verklungen. ‚Was mach ich mit dem ganzen Wein?' dachte er. ‚Auch Margot muss irgendwann nachkommen. Ich werde sie anrufen.' Er legte Beethovens fünfte Sinfonie auf und erhöhte die Lautstärke. ‚Schade', kam es ihm in den Sinn, ‚hier habe ich mich immer wohl gefühlt. Die wenig befahrene Straße, die Ruhe. Und nun das.'

Dombrowski begann, den Koffer zu packen. Er dachte nicht an seine Kleidung, eher an liebgewordene kleine Dinge, Utensilien, die ihm etwas bedeuteten, Fotos. Er legte den Pass dazu, wichtige Papiere und unentbehrliche Gebrauchsgegenstände.

Unter der Dusche, die er dann nahm, grübelte Dombrowski darüber nach, warum das alles nicht funktionierte, wie dieser Niedergang hier begonnen hatte. Offensichtlich war man im Verwischen der Spuren zu nachlässig gewesen, hatte sich Schnitzer erlaubt, die früher nicht passiert wären. Andererseits war dieses System zu stark, um es nachhaltig zu unterminieren, die Menschen zu gleichgültig, zu anpassungsfähig. ‚Das hat es schon einmal gegeben, dass gewisse Zustände niemanden störten; es ist lange her', dachte Dombrowski. ‚Man hatte den Vorgängen zugesehen und nichts getan. Wie auch immer, ich muss mich absetzen.'

Er trocknete sich ab, trank im Bademantel den Burgunder leer und kleidete sich an. Anschließend schloss er die Fenster, schaltete den Plattenspieler ab und ging mit dem Koffer zur Tür. Margot würde mit Renate, Pasolds Frau, Verbindung aufnehmen oder umgekehrt. Dombrowski warf einen letzten Blick in die Runde, löschte das Flurlicht und trat vor das Haus.

Umgeben vom Dunkel der Straße, stieg er die wenigen Treppen hinab, die auf den Gehsteig führten. Wärme durchflutete

Dombrowskis Körper, vom Wein und der Dusche begünstigt. Jetzt erst fiel ihm der Mann auf, der unten wartete. War das schon ein Helfer, der da harrte und Informationen bereithielt? Oder... Nein, das glaubte er nicht.

„Ewald Dombrowski?" fragte der Mann.

„Ja?"

„Gollan mein Name. Das Elend klopft an die Tür."

„Wie bitte?" Dombrowski stellte den Koffer ab.

„Die fünfte Sinfonie. Ich habe noch ein paar Takte mitbekommen. Wie ich sehe, haben sie gepackt."

„Wer sind Sie?"

„Mordkommission", sagte Gollan. „Ich verhafte Sie wegen des Verdachts der Mitwisserschaft an einem Tötungsdelikt."

Sehm war am nächsten Morgen zeitig im Büro und nahm sich die Liste mit den Namen aller Beteiligten vor; Opfer, Zeit, Ort und Art der Todesfälle sowie Täter, mutmaßliche Täter und die Querverbindungen. Gollan würde etwas später kommen wegen der vorangegangenen nächtlichen Operation.

Plötzlich schrak Sehm auf. Der Dienststellenleiter hatte den Raum betreten. „Lutz, ich brauche Sie mal für eine Besorgung. Dauert nur zehn Minuten." –

Als Gollan kurz vor zehn die Eingangstür öffnete, bemerkte er, dass alle Mitarbeiter schweigend neben den Bürotischen standen. Er runzelte die Stirn. „Was ist los?" entfuhr es ihm. Doch dann erhob sich tosender Beifall. Die Sekretärin des Leiters überreichte Gollan einen Blumenstrauß und der Chef schüttelte ihm die Hand: „Herzlichen Glückwunsch zum ‚Haupt', Golle. Wir Machen das alles noch amtlich, später. Den Rest des Tages kannst du dir frei nehmen."

„Dass ich das noch erlebe", sagte Gollan. Er sah im Hintergrund Hände klatschend Sehm und winkte ihm. „Lutz, kümmer dich mal um die Pflanze. Ich weiß nicht, wo hier Vasen sind." - Er wandte sich zum Leiter. „Vielen Dank, Chef. Ich möchte, dass Lutz heute auch frei kriegt. Er hat viel zu meinem Erfolg beigetragen."

„Gut, ich drück ein Auge zu."

„Aber der Fall ist doch noch nicht abgeschlossen", meinte Gollan.

„Nun, nicht ganz", sagte der Chef, „aber man hat die Papiere Fischbachs entschlüsselt. Die Zellen mit den Drahtziehern der Sprengsatzlegung in den verschiedenen Städten. Der Deutsche notiert alles. Und der Zugriff wird erfolgen, überraschend."

Gollan sog die würzige Spätsommerluft ein. Er schlenderte mit Sehm durch die City. Sie beobachteten die hastenden Menschen, die sich öffnenden und schließenden Türen eines Supermarkts und die Bahn, die an der Haltestelle Fahrgäste ausspie und neue verschluckte. Schließlich nahm der Stadtpark sie auf. An einer Bank, umrahmt von Trauerweiden, bedeutete der Ältere Halt. Sie setzten sich. Hinter ihnen murmelte der kaum noch Wasser tragende Bach.

Gollan packte seine Thermoskanne aus. „Kaffee?" fragte er Sehm. „Gern." Gollan zündete sich eine Zigarre an und sah über die Wiese. „Na, wie fühlt man sich als ,Haupt'?" fragte Sehm.

„Ach, ich weiß auch nicht. Ich bekomme ein höheres Gehalt. Ist es das immer, was zählt? Andere, ruhigere Aufgaben. Der Blick von weiter oben. Will ich das? Jeder strebt ein Leben lang…"

„Das hast du dir verdient", wandte Sehm ein.

„Du hast keine Ahnung, Lutz. In dieser Welt, in der wir zu Gast sind, läuft alles nach Normen, Vorgaben und Quoten. Ich glaube nicht, dass auch nur irgendeiner irgendeinem etwas gönnt, Anwesende ausgenommen. Und man weiß nie, ob eine Beförderung nicht einen Haken hat, damit man nicht noch mehr Unheil anrichtet. -

Weißt du, manchmal versetze ich mich in einen Verbrecher hinein. Die mögen krumme Dinger machen, wie sie wollen. Ich rede jetzt mal nur von den Kleinkriminellen. Ich wette eins zu tausend, dass es ihnen in erster Linie darum geht, frei zu sein, sich nicht anzupassen..."

„Sie tun Dinge, die anderen schaden, die verboten sind", sagte Sehm.

„Du hast ja recht, aber in diesem Land gibt es vieles, das verboten ist. Was passiert mit dem Dieb, und was mit dem Banker?" Sie schwiegen. „Nichtsdestotrotz habe ich natürlich kein Verständnis für Verbrecher", setzte Gollan hinzu und wechselte das Thema: „Hier", zeigte er mit der Hand nach vorn, „bin ich als Halbwüchsiger herumgestromert. Da war diese ganze Gegend noch mit mannshohem Schilf und Gras bewachsen. Man musste sich suchen und konnte sich verbergen. Wo kann man sich heute noch verstecken, Lutz?"

„Apropo verstecken", sagte Sehm. „Den Hebestreit haben sie immer noch nicht aufgespürt."

„Ich weiß. Auch dieser geheimnisvolle W. bereitet mir Kopfzerbrechen."

„Ja, weder Pasold und Münch, noch Dombrowski und Fischbach erwähnten ihn, ja sie leugneten seine Existenz."

„Aber Briesewitz kann diesen W. nicht erfunden haben", sagte Gollan. „,Bei W. bin ich im Zweifel', hatte er geschrieben. Weißt du, wir gehen da noch mal hin."

„In die Gartensparte?"

„Nein, in die Parkstraße, zu dieser Villa."

„Was willst du damit erreichen? Du hast heute frei."

„Nichts. Sieh es als Spaziergang." –

Als sie ankamen, wies Gollan zu den Fenstern im zweiten Stock der Villa, zwischen denen ein großes Loch klaffte. „Da", sagte er, „die rußgeschwärzte Mauer, da drin ging er hoch."

„Beeindruckend", meinte Sehm.

Am Hintereingang des Gebäudes parkte ein Transporter mit der Aufschrift „Entkernung". „Das ging aber schnell", meinte Gollan zu Sehm. „Ich nehme an, die Ausschreibung läuft schon. Die machen Kostenvoranschläge. - Ja, und hier nahm alles seinen Anfang. Der Fall Schneidereit. Die Gruppe in der Villa."

„Gehen wir nachher einen heben?" fragte Sehm übergangslos.

„Aber ja. Ich merke schon, dir geht das auf den Keks. Nur noch mal kurz hier rüber." Gollan stapfte voran und blieb am Holzschuppen stehen. „Den machen sie bestimmt auch platt." Er befühlte die alten verwitterten Bohlen.

„Und es wird ein Bankgebäude aus dem Boden gestampft", vollendete Sehm. Sein Blick glitt weiter nach rechts. „Und da drüben wohnt die Kronach."

„Ja", meinte Gollan, „Mensch, und ich hatte ihr versprochen, bei Gelegenheit vorbeizuschauen." Die beiden überquerten die Straße und gingen durch den Torbogen in den Hinterhof. Dort stand ein schwarzer Passat mit getönten Scheiben, den jemand vergeblich zu starten versuchte. „Klingt ja furchtbar", sagte Sehm. „Batterie, schätze ich." Die Fahrertür öffnete sich mit Schwung und eine Frau stieg aus.

170

„Frau Kronach, na so was", entfuhr es Gollan. „Sie sind es. Jetzt mit fahrbarem Untersatz."

„Ach, Herr Kommissar!" Sie war rot vor Aufregung. Ihr Haar hing wirr in die Stirn. „Sie müssen mir helfen, bitte."

„Nur die Ruhe", sagte Gollan, „darf ich vorstellen, mein Assistent Sehm." Sehm nickte: „Ich denke, es ist die Batterie. Klingt müde. Alter Wagen?"

„Baujahr 92."

„Lutz, öffne mal die Motorhaube. Lass Frau Kronach starten und sieh nach. Sind die Papiere im Handschuhfach?"

„Ja", sagte sie. Gollan stieg auf der Beifahrerseite ein. Frau Kronach drehte am Zündschlüssel. Kurz darauf rief Sehm: „Gut, aus! Es ist schon so, wie ich dachte. Rufen Sie die nächstliegende Werkstatt an. Das wird nicht so teuer." Er schloss die Haube. „Und dauert auch nicht lange."

Gollan war ausgestiegen und äugte gewohnheitsmäßig auf das Nummernschild -WR. „Stimmt. Alte Berufskrankheit", sagte er zur Kronach gewandt. „Die ganzen *W*.s machen mich noch verrückt. Sie haben den *W*agen doch nicht etwa von einem *W*ald- und *W*iesenhändler?"

„Nein!" sagte Frau Kronach, „von einem Freund." Sie wirkte verlegen.

„Sie haben also doch einen Freund", sagte Gollan erleichtert, „er hat nur nicht auf die Batterie geachtet. - Wissen Sie was, Frau Kronach? Ich persönlich hole Ihnen nachher den Kfz-Fritze herzu, wenn Sie uns einen köstlichen Kaffee bereiten. Ich bitte darum. Oder hatten Sie es sehr eilig?"

„Nein, so eilig nun auch wieder nicht. Kommen Sie." Sie ging voraus.

171

„Heute haben wir mal viel Zeit", plauderte Gollan auf der Treppe. „Das kommt nicht häufig vor." Sehm sah seinen Vorgesetzten seltsam an. Doch Gollan nickte nur verschwörerisch.

Oben nahmen sie Platz. „Hätten Sie bitte noch den Kfz-Brief?" fragte Gollan. „Vielleicht steht was über das Alter der Batterie drin", log er. Frau Kronach stöberte in einem Schubfach und fand das Gewünschte. Gollan blätterte darin, las und klappte zu. „Kennen Sie diesen Freund schon lange, Frau Kronach? Als ich Sie vor Wochen besucht habe, wiesen Sie darauf hin, dass sie niemanden hätten, der Ihnen gewogen sei. Was haben Sie für den Wagen bezahlt?"

Sie stand unschlüssig im Raum. „Nichts. Er hat ihn mir geschenkt. Ist eben ein altes Auto."

„Und wie lange kennen Sie ihn?" insistierte Gollan.

„Noch nicht so lange."

„Und da schenkt er Ihnen gleich sein Auto. Könnte ich ihn sprechen?"

„Nein. Er ist verreist. Was ist jetzt mit dem Kaffee?"

Gollan sah Sehm an und erhob sich, öffnete selbst den Wandschrank und sagte: „Lassen wir es gut sein, Frau Kronach." Er nahm die rechts stehende Kaffeebüchse. Frau Kronach errötete erneut. „Was soll das?"

„Ich will Sie nicht erniedrigen und hier noch Ihr Schälchen Heißes genießen. Wer ist Rainer Weikert?" Sie war wie vom Donner gerührt. „Der Vorbesitzer des Wagens." Sehm war unklar, was hier vor sich ging.

„Wohin ist dieser Herr Weikert verreist?"

„Ich weiß nicht."

„Er schenkt Ihnen seinen Wagen und Sie wissen das nicht? Ich sag Ihnen was. Herr Weikert hat Ihren Mann getötet, Ihnen sein Auto vermacht, ist verreist, und in dieser Büchse ist kein Kaffee", legte Gollan fest. Er öffnete sie.

„Was ist denn los?" fragte Sehm, der nicht mehr an sich halten konnte.

„Weikert ist W.!" sagte Gollan. Sehm griff sich an den Kopf.

„Hier", sagte Gollan und fingerte die Hundert-Euro-Scheine aus der Büchse. „Das können Sie natürlich nicht auf die Bank bringen, sonst bekommen Sie womöglich keine Stütze mehr. Woher stammt das?"

„Das ist mein Erspartes", begehrte Frau Kronach auf.

„Das ist Blutgeld, Schweigegeld, da verwette ich meinen Hintern." Gollan redete sich in Rage. „Hier!" rief er, weil er auf dem Boden der Büchse ein zusammengefaltetes Kuvert gefunden hatte; er zog es auseinander: „Für die guten Stunden für schlechte Zeiten. Rainer. Natürlich. Er muss hier gewohnt haben. Sie kennen ihn länger, von früher."

„Ja doch." Frau Kronach gab auf. „Was sollte ich denn machen?"

„Ja, was? Er mochte Sie damals und brachte Kronach um, weil dieser Ihnen Ihr Leben schwer machte. Vom Mord selbst bekamen Sie nichts mit. Dreizehn Jahre später wurde Ihr Mann gefunden. Das bekam Weikert mit. Wir - würden Sie aufsuchen, schlussfolgerte er und kam uns zuvor. Er musste Tacheles reden, und Ihre Überraschung ausnutzend, bestach er Sie. Durch diese Hilfe hätten Sie ihn nie ans Messer geliefert."

Frau Kronach setzte sich entnervt und schwieg.

„Wir fahnden nach ihm, ab jetzt. Wo ist Weikert?"

„Ich weiß es wirklich nicht."

„Also gut. Lutz, kümmere dich um den Rest", sagte Gollan. „Das muss ich mir jetzt nicht mehr antun." Er ging auf den Balkon und sah zur Villa hinüber. –

In der Kneipe saßen sich Gollan und Sehm abends beim Bier gegenüber und prosteten sich zu. „Du bist ein Fuchs", sagte der Jüngere, „kannst es nicht mal am Tag deiner Beförderung lassen. Wie bist du bloß drauf gekommen?"

„Weißt du, Lutz, es gab viele verdächtige Komponenten. Als ich bei der Kronach war, nach dem Fund ihres toten Mannes, und sie mir Kaffee bereitet hat, griff sie nach der falschen Büchse. Wenn sie ihren Haushalt kennt, tut sie das nicht. Sie war nur nervös wegen meiner Fragen und musste bereits alles von Weikert wissen. Er hat sich vermutlich offenbart. Wir hatten ihn in die Enge getrieben. Mit Sicherheit hat er unser Treiben im Schuppen mitbekommen und ahnte wohl, dass wir die Leiche finden. - Die Kronach fragte auch nicht nach dem Fundort der Gebeine, also war auch das ihr bekannt. Doch ich konnte mir da noch nichts zusammenreimen. Und heute, die Sache mit dem Passat - das sind Einzelheiten, unscheinbare Dinge."

„Du meinst, der Zufall mit dem W-Kennzeichen?"

„Ja. Es ist so: die Tatsache, dass die Kronach plötzlich einen Wagen hat, ist an sich nicht verwunderlich, aber dieses W verfolgt mich schon lange und ich hörte die Flöhe husten, wollte noch den Kfz-Brief einsehen. –WR, Weikert Rainer; die Eitelkeit, sich auf dem Nummernschild zu verewigen, dachte ich später... Der Name Weikert kam mir irgendwie bekannt vor. Als wir in die Kronachsche Wohnung gingen, fiel mir das alte Brettchen der Hausordnung wieder ein, das vor Wochen bei meinem ersten Erscheinen noch an der Wand hing. Sie hatte es wohl mittlerweile schon abgenommen Da stand auch ‚Weikert' mit drauf.

Ein Freund, sagte die Kronach vom Übereigner des Wagens. Er musste hier gewohnt haben und sie kannten sich schon lange. Dieser Weikert sah auch die Villa. Und er war offensichtlich auch bei der Firma. Ihm wird der Gedanke gekommen sein, sich in diesem pittoresken Gemäuer einzumieten und von dort aus zu agieren. Ich nehme an, Frank Kronach störte da nur; er störte sowieso. Weikert beseitigte ihn spurlos.

Fakt ist, dass von der Villa aus eine Gruppe operierte, und nach der Wende mit Mord und Erpressung, wer weiß, wie lange. Das steht ja nun fest; wir stießen auf den Gang, und die Mieter waren ausgeflogen, hatten alles vernichtet. Was Schneidereit betrifft, hatte der wohl Verdächtiges bemerkt und musste dran glauben. Mir ist nur nicht klar, wer die Villa durch das Fensterchen im Schuppen beobachtet hat."

„Vielleicht Weikert selbst?"

„Warum?" fragte Gollan.

„Ich weiß nicht genau, aber auch mir kommt so ein Gedanke", meinte Sehm. „Du hast Pasold verhaftet; die anderen sitzen auch. Merkwürdigerweise packt niemand über Weikert aus. War er denn so beliebt, dass ihn alle decken?"

„Was hat das mit dem Beobachtungsposten zu tun?"

„Hast du dich mal gefragt, wer den Sprengsatz in der Villa legte, von derselben Bauart wie in den Rathäusern?"

Gollan lehnte sich zurück. „Und was schließt du daraus?"

„Weikert ist abgehauen. Vielleicht wollte er ein Fanal setzen. Er zündet in der Villa. Klar, er schloss mit diesem ganzen Mist innerlich ab und hat sich auf diese Weise geäußert."

„Und wenn's dieser Hebestreit war?" wandte Gollan ein, „von dem hört man gar nichts mehr."

„Glaub ich nicht. Was stand noch mal in Briesewitz' Unterlagen über W.?"

„Der einzige Eintrag, der einigermaßen positiv ausfällt", sagte Gollan. „ ,Bei W. bin ich im Zweifel.' Ich bilde mir ein, Weikert ist abtrünnig geworden und hat die Zeichen der Zeit als Erster erkannt."

„Dass es keinen Zweck hat."

„Zweck hatte es, aber er würde niemals zum Ziel führen."

Ich saß am offenen Fenster und ließ mich von der Septembersonne bescheinen. Stella bereitete das Mittagessen vor und schnitt Zwiebeln. „Das hättest ruhig du mal machen können", klagte sie. „Ich weiß", antwortete ich. „Dafür habe ich vorhin die Taschentücher gebügelt."

„Was?" entrüstete sie sich. „Das wollte ich tun. Das mache ich gern."

„Wie auch immer, es ist stets verkehrt." Ich erhob mich und küsste sie. „Lass das", lachte sie, „ich habe die Hände nicht frei."

Ich setzte mich wieder, trank vom erkalteten Kaffee und griff nach der Tageszeitung. Die Meldungen überfliegend, blieb ich an einem kurzen Artikel hängen. Ich las, legte das Journal weg und starrte ins Leere…

„Konrad!" rief Stella. „Kannst du mich hören?"

„Was?" Ich sah erschreckt auf. „Ich war kurz abwesend. Hier", ich schob die Zeitung zu ihr und wies auf die Zeilen. Stella kam herüber.

„…wurde jetzt eine organisierte Gruppe der ehemaligen

Staatssicherheit zerschlagen und die Beteiligten in Haft genommen. Der Zugriff erfolgte in mehreren Städten gleichzeitig..."

Stella hob den Kopf und sah mich an. „Rainer haben sie nicht. Er hat mir eine Karte geschickt. Aus Israel."

„Warum sagst du mir das erst jetzt?"

„Ich hielt sie nicht für so wichtig. Du kannst sie lesen", sagte sie kleinlaut.

„Er hat eine Karte geschickt? Damit kann er doch auffliegen."

„Vielleicht ist es ihm egal. Ich habe ja schon immer geahnt, dass er sich dorthin absetzt."

„Warum dorthin?"

„Ich habe keine Ahnung", sagte Stella.

„Vermisst du ihn?"

„Gelebte Zeit soll man nicht bereuen." Stella nahm meine Hand. „Aber jetzt hab ich dich."

Am nächsten Abend besuchte ich Hilde und Kuhlbrodt. Ich übereignete einen kleinen Blumenstock. In der Mansarde war es gemütlich und traurig. Ich fühlte mich geborgen und hatte dennoch die Schnauze gestrichen voll. Nach der freundlichen Begrüßung tranken wir Bier und schwiegen lange. Es war ein erholsames Schweigen, das keinen von uns in Verlegenheit brachte. Wir hingen wirren Gedanken nach. Kuhlbrodt hatte Lieder der „Comedian Harmonists" in der Anlage laufen, die mich zusätzlich wehmütig stimmten. „Ihr lebt also zusammen", sagte ich unbeholfen. „Ja", sagte Kuhlbrodt, „wir leben zusammen."

„Schön", sagte ich, „das freut mich irgendwie."

„Konrad?" fragte Kuhlbrodt, „ist alles in Ordnung?"

„Aber ja, ich bin bei Stella. Ich bin mit ihr glücklich."

„Wir haben auch die Zeitungsmeldung gelesen", sagte Hilde. Ich nickte. „Jetzt hat jeder Dreck am Stecken", sagte ich. „Auch wir."

„Wir sind sicher", meinte Kuhlbrodt, „uns wird nichts passieren."

Ich sah sie an. „Und was macht ihr so?"

„Das weißt du nicht?" entgegnete Hilde. „Norbert repariert schon eine ganze Weile Autos unten im Hof. Ein Schlosser hatte früher da unten einen Schuppen. Für den Anfang geht's. Und ich fange in der Altenpflege an."

„Absolut morbide", entfuhr es mir. „Kaputte Autos, kaputte Menschen. Ich sortiere Pakete, die ihren Empfänger suchen."

„Nimm's nicht so tragisch", sagte Kuhlbrodt. „Du hast Stella. Baut euch ein gemeinsames Leben auf."

„Wie geht's deiner Mutter?" fragte ich Hilde.

„Es sieht nicht gut aus", sagte sie.

„Das tut mir leid." Nach kurzem Schweigen fuhr ich fort: „Ich war vorgestern mal auf dem Arbeitsamt, an der Anzeigentafel, alles nur Zeitarbeit, unterbezahlt. Die verschieben die richtigen Jobs weiterhin, das ändert sich nie."

Kuhlbrodt lächelte bitter. „Manchmal treffe ich Kannegießer auf der Bank", sagte er, „ist immer noch Werkzeugvertreter. Er nickt mir kurz zu und geht seiner Wege."

„Was verlangst du?" fragte Hilde. „Wir waren durch eine Aufgabe miteinander verbunden. Mehr spielte sich da nicht ab."

„Wisst ihr, wer alles erwischt worden ist?" fragte ich.

„Nein", sagte Kuhlbrodt. „Aber Münch ist in der Apotheke nicht mehr zu sehen. Die haben einen anderen Chef. Da war mir alles klar. Ich hab gar nicht erst gefragt."

Ich trank mein Bier aus und erhob mich. „Bei unserem nächsten

Treffen bringe ich Stella mit. Wir müssen zusammen halten." -

Auf dem Heimweg dachte ich an Weikert. Als Kinder waren wir freundschaftlich verbunden, und durch einen unheimlichen Zufall hatten sich unsere Wege im Erwachsenenalter wieder gekreuzt, allerdings unter merkwürdigen Umständen. Ich hatte Unrecht begangen. Und jetzt war er getürmt. Er hatte alles hinter sich abgerissen, uns zurückgelassen, um irgendwo da unten ein völlig anderes Leben zu führen. Freilich hatte er das tun müssen. Aber ich kam mir benutzt vor, obwohl ich anders hätte handeln können.

Plötzlich fiel mir diese Postkarte ein, die er geschickt hatte. -

In unserem Zuhause war es schon dunkel. Stella hatte mir gesagt, sie würde heute nach einem Bad früh zu Bett gehen. Ich schaltete die kleine Lampe neben der Couch ein, goss mir noch einen Absacker ein und nahm die Karte von der Pinnwand. Sie zeigte laut Aufschrift das Simon Wiesenthal Center und jüdische Synagogen.

Jerusalem, 20. September

Ich hoffe, Euch geht es gut. Habe hier eine Menge zu klären. Macht Euch keine Sorgen, ich bin sicher. Dieses Land ist wunderbar.

Rainer

Ich knallte die Karte auf den Tisch. Stella hatte Recht: Diese Nachricht war tatsächlich nicht so wichtig, jedenfalls nicht für uns. Ich zog mir meine Jacke wieder über und nahm die Karte mit.

Mein Weg führte mich zur Villa. Ich erklomm die Stufen hinter dem schmiedeeisernen Tor. Der Mond warf sein Licht auf den stummen Weiher, von dessen Grund unablässig Blasen aufstiegen. Mit einemmal kam Angst in mir hoch. Überall herrschte Dunkelheit. Jemand musste die Lampe über dem Eingang zerschlagen haben. Ich tastete mich langsam vorwärts. Ich ergriff die Dachrinne. Hier war die Tür, verschlossen. Doch durch einen Schlitz gelang es mir, die Postkarte ins Innere des Gebäudes zu schieben.

Einen Monat später - man hatte längst begonnen, die Villa und den Holzschuppen abzureißen - klingelte in Gollans Büro das Telefon. Er nahm den Hörer ab. „Ja? - Ach. Wir kommen." Er schnappte seinen unvermeidlichen Mantel: „Lutz, wir müssen los."

An dem halb abgetragenen Haus stand bereits die Spurensicherung herum. „Was habt ihr?" fragte Gollan.

Am Rande einer Grube mit mannshohem Schilf lag eine verweste Leiche. „Der Weiher ist ausgepumpt worden. Dabei stießen die Arbeiter auf diesen Mann."

Gollan sah in das Gesicht des Toten, das durch eine Grimasse, noch untermauert durch die gebleckten Zähne, völlig entstellt war.

„Todesursache?"

„Herzschuss. Der liegt schon Wochen."

„Alles klar. Ich melde mich bei euch." Gollan machte kehrt. Sehm folgte ihm. „Willst du nicht mal genauer...?"

„Ach was. Das machen die schon. Mir ist ohnehin klar, wer das ist." – „Wer?"

Gollan nahm seinen Hut und hielt ihn gegen die Brust.

„Es kann sich nur um Hebestreit handeln."

180

Zwei Jahre später, Jerusalem

In der Emek Refaim herrschte gemächliches Treiben. Die Straße war nicht so von Touristen frequentiert wie so viele andere in dieser Stadt. Vor einem der vielen Cafés machte ein älterer Herr auf seinem Spaziergang Halt. Er trug ein buntes Hemd und eine Sonnenbrille. Langsam sah er sich um und sondierte die Umgebung. Dabei fiel sein Blick auf einen rothaarigen Mann Mitte Vierzig, der hier Zeitung las. Er trug einen Anzug und hatte neben sich eine Aktentasche stehen. Der Ältere näherte sich dem Tisch. „Ist hier noch frei?" fragte er.

„Aber ja, gern", entgegnete der Rothaarige und legte die Zeitung weg. „Ein Landsmann!" setzte er erfreut hinzu. „Woher wussten Sie, dass ich deutsch spreche?"

„Ich dachte nur", sagte der Ältere und nahm Platz, „Sie studieren den STERN." Ein Kellner eilte herbei. „A coffee please", bat der Ältere und beugte sich zu dem Jüngeren. „Das Jiddisch kann ich nicht. Ich mach hier nur Urlaub."

„Das macht nichts. Englisch ist eine Weltsprache. Die versteht auf irgendeine Weise jeder. Was interessiert Sie an diesem Land?"

„Das biblische Land. Die Stadt der drei Glaubensrichtungen." Der Ältere nahm vom Kellner das Gebräu entgegen. „Thanks." Und zu dem Rothaarigen gewandt: „Ich bin zwar erst eine Woche hier, aber ich könnte mich tatsächlich niederlassen."

„Das ist kein besonderes Problem", entgegnete der Jüngere. „Hier ist die German Colony. Man kann eine Wohnung finden."

„Das glaub ich einfach nicht. Haben Sie sich auch angesiedelt?"

„Allerdings", sagte der Rothaarige und lehnte sich auf dem Stuhl zurück. „Und ich habe hier auch geschäftlich zu tun."

„Das stelle ich mir interessant vor", sagte der Ältere.

„So ist es. Und Sie haben's vermutlich geschafft."

„Ja, ich bin pensioniert."

„Dann waren Sie Beamter?"

„Hm", nickte Gollan.

Der Rothaarige lächelte. „Na, Sie werden sich's verdient haben. Genießen Sie Ihren Urlaub. Waren Sie schon im Naturkundemuseum? Das ist gleich in der Nähe."

„Das schau ich mir an, danke für den Tipp", sagte der Ältere.

„Wenn ich mir die Frage erlauben darf, sind Sie mit Ihrer Frau hier?" fragte der Rothaarige.

„Nein, ich bin seit langem geschieden. Als Beamter, wissen Sie, hatte man wenig Zeit."

„Das kenne ich", sagte der Jüngere. „Das mit der Zeit. Allerdings habe ich hier in Jerusalem eine Lebensgefährtin gefunden."

„Was Sie nicht sagen", meinte der Ältere. „Eine Deutsche?"

„Eine Jüdin."

„Und klappt denn das mit der Religion?"

„Das wird sich finden", lächelte der Gefragte. „Wir lieben uns, das ist die Hauptsache."

„Das ist die Hauptsache", untermauerte der Ältere. „Hören Sie, ich muss mich auf den Weg machen; ich will diese Stadt genießen und noch viel kennen lernen. Wie wär's, wenn wir uns übermorgen um dieselbe Zeit hier wieder träfen? Oder sind Sie zu dieser Zeit unabkömmlich?"

„Nein", sagte der Rothaarige und erhob sich ebenfalls. „Übermorgen. Kein Problem."

Sie gaben sich die Hand. „Verzeihen Sie", sagte der Ältere, „ich

182

habe mich noch gar nicht vorgestellt. Kurt Gollan ist mein Name."

„Weikert", sagte der Rothaarige. „Rainer Weikert."

Das „Inbal" hatte man Gollan empfohlen; natürlich war es viel zu teuer. Er war in einem kleineren Hotel abgestiegen.

Auf seinem Zimmer nahm er ein kleines Foto aus der Brieftasche; er hatte es von Weikerts Mutter. Es zeigte diesen zu Besuch bei den Eltern, ein eher seltenes Auftauchen an einem Geburtstag, wie Gollan von ihnen erfahren hatte; in Sakko und Schlips, ein Weinglas in der Hand, ernst, mit aufmerksamem Blick.

Dieser Mann steckte voller Überraschungen. Wie auch das Leben selbst. Gollan erinnerte sich an den Tag, an dem man Hebestreit fand. Nach einem eintägigen Baustopp konnten die Angestellten den Abriss des Gebäudes wieder aufnehmen. Und Gollan, neugierig wie immer, war zur Frühstückszeit in die Baubude der Arbeiter gegangen und hatte gleich ihnen seine selbst geschmierten Brote verzehrt. Die Männer waren interessiert an seiner Tätigkeit und hatten Gollan ausgefragt. Er bekam einen Kaffee und erfuhr, dass der Lohn karg sei, die Vorgesetzten despotisch, und er betrachtete währenddessen ihre mit Staub bedeckten harten Gesichter. Sein Blick war über die Wand geglitten, an der die Arbeiter Konterfeis von nackten Frauen angepinnt hatten; ganz rechts steckte eine Postkarte. Ob sie eine Synagoge zeige, hatte Gollan mit zusammengekniffenen Augen gefragt, denn er sah nicht mehr so gut. Wahrscheinlich. Da wäre wohl ein Weitgereister unter ihnen. Aber nein, so was könne man sich nie leisten, hatte es gehießen; die Karte hätten sie im Gebäude gefunden. Sie gaben sie ihm, und er las auf der

Rückseite die Grüße Weikerts. Jerusalem.

Zwei Tage später wartete Weikert schon am Lokal. Gollan begrüßte ihn und setzte sich dazu. Der Jüngere bestellte Kaffee und sagte: „Eine halbe Stunde, Herr Gollan, dann möchte ich zu meiner Gefährtin."

„Aber selbstverständlich. Ich möchte Ihnen auf keinen Fall die Zeit stehlen."

„Nein, so habe ich das nicht gemeint. Ich entspanne mich nur immer kurz hier", meinte Weikert, „das hat sich so eingebürgert, eine Art Ritual."

„Liebgewordene Gewohnheiten soll man nicht aufgeben", sagte Gollan. „Ist sie hübsch?"

„Wie? Ach so, ja, natürlich. Sie hat langes schwarzes Haar und heißt Shamira."

„Offensichtlich sind Sie glücklich", sagte Gollan mit einem Augenzwinkern.

„Ja, sehr." Weikert zündete sich eine Zigarette an. Er blies den Rauch nachdenklich aus. „Und Sie sind also Beamter gewesen. Was für eine Art Beamter?"

„Ich war im Polizeidienst", sagte Gollan lächelnd.

„Ach was", entfuhr es Weikert.

„Ja, bei der Mordkommission."

Jetzt lächelte auch Weikert. „Haben Sie viele Fälle aufgeklärt?"

„Ja, viele, aber nicht alle. Das führen nun die Jüngeren weiter. Zum Glück bin ich ein alter Mann."

„Das kann ich verstehen. Irgendwann muss Schluss sein."

„Obwohl", wandte Gollan ein, „wirklich Schluss ist nie. Manche Fälle verfolgen mich in der Nacht noch; ich schlafe nicht

184

besonders gut."

„Sehr bedauerlich", meinte Weikert, „das Erbe des Berufes."

Gollan nickte „Und Sie?" fragte er, „was treiben Sie nun genau?"

„Ja, ich arbeite für ein, sagen wir, Unternehmen."

„Sie möchten nicht darüber reden?"

„Nun", Weikert beugte sich etwas zu Gollan, „es ist ein bisschen geheim."

„Sie sind Geheimagent?" flüsterte der Ältere.

„Das hab ich nicht gesagt."

„Na ja", schränkte Gollan ein, „vieles unterliegt ja heutzutage der Geheimhaltung. Das ist ja fast in jeder Firma so. Man muss sich verpflichten, nichts Näheres über die Fertigung in Betrieben, über Technologien, über Abschlüsse, Dokumente und so weiter zu äußern..."

„Richtig", sagte Weikert.

„Ihre Shamira weiß es auch nicht?"

„Sagen wir mal, sie weiß nicht alles."

Gollan nippte am Kaffee. „Das Dumme dabei ist nur, dass Geheimnisse oft keine bleiben. Erstens wird trotz allem viel geredet. Zweitens teilen meistens mehrere Involvierte ein Geheimnis. Keiner kann eins erfinden. Man bekommt von jemandem die Anweisung, etwas für sich zu behalten, sonst bekäme der Betreffende Ärger oder der Anweisende Ärger mit seinem Vorgesetzten. Folglich wissen schon mehrere davon. Wenn etwas herauskommt, weiß wiederum niemand, wo die undichte Stelle ist. Drittens recherchieren häufig irgendwelche Leute über Geheimnisse, geben diese weiter, tasten sich an Akten heran, kopieren Notizen. Man kann sich nie sicher sein. Immer mehr wird als geheim eingestuft, mitunter völlig lapidare

185

Sachen. Das war auch früher schon so, in beiden deutschen Staaten."

„Ja, das stimmt. Da gab's wohl keine Unterschiede", sagte Weikert.

„Sie stammen doch nicht etwa auch aus dem Osten? Wie ich."

„Oh doch", sagte Weikert.

„Wenn das nichts ist. Und wo sind wir heute? Na! - War das nicht ein erhebender Moment, als die Mauer fiel?" Gollan ballte ein wenig die Fäuste.

„Endlich hatten wir alles", sagte Weikert. „Hohe Mieten, Arbeitslosigkeit…"

„Man muss allerdings auch die andere Seite sehen", sagte Gollan. „Reisefreiheit, Meinungsfreiheit…"

„Man kann seine Meinung sagen, aber wen juckt das schon?" sagte Weikert. „Keiner hört zu. Man muss selbst etwas tun, um Dinge zu ändern." Er sah auf die Uhr. „Ich muss los. Die halbe Stunde ist um. Tut mir leid, Herr Gollan."

„Übermorgen wieder?"

„Am Montag vielleicht. Übermorgen ist Sabbat. Alles hat geschlossen."

An diesem Nachmittag begann es überraschend zu regnen. Es war mild, doch Gollan und Weikert zogen sich in das Café zurück und nahmen an einem der Fenster Platz. Sie bestellten wieder das Übliche und sahen eine Weile den Tropfen zu, die gegen das Glas prallten und herab liefen wie Tränen an einem Gesicht. Dann brach Weikert das Schweigen. „Wo waren wir letztens stehen geblieben?"

„Sie sagten, man muss selbst etwas tun, um Dinge zu ändern."

„Das wissen Sie aber noch sehr genau", sagte Weikert. Gollan tippte an seinen Kopf. „Eine Schwäche von mir." Weikert lächelte. „Ja, man hat uns zur Eigenständigkeit erzogen, die Probleme allein zu lösen. Es hilft einem niemand."

„So düster würde ich es vielleicht nicht sehen. Man muss sich nur an die richtigen Stellen wenden."

„Wo sind denn die richtigen Stellen? In der Regierung? In Behörden und Ämtern?" begehrte Weikert auf. „Ich denke eher, in Obdachlosenheimen und Selbsthilfegruppen."

„Das aus Ihrem Munde?" fragte Gollan. „Sie waren nicht immer Geschäftsmann, nicht wahr?"

„Nein, nicht immer." Weikert griff nach einer Zigarette.

„Sie waren doch nicht etwa, entschuldigen Sie, ein armer Schlucker?" Gollan lehnte sich zurück.

„Nein, das nun nicht. Aber ich kenne die Ängste und Sorgen der Menschen."

„Haben Sie solchen Menschen geholfen?" fragte Gollan. Weikert sah sein Gegenüber lauernd an. „Worauf wollen Sie hinaus?"

Gollan winkte dem Kellner. „Das ist wohl eine Berufskrankheit. Ich werde übrigens morgen abreisen", fügte er unerwartet hinzu.

„Ich nehme den ersten passenden Flug." Weikert wirkte irritiert. „Was soll das jetzt? Sie überraschen mich."

„Schön, dass man Sie auch mal überraschen kann, Herr Weikert."

„Ich verstehe nicht. Was meinten Sie mit Ihrer Frage?"

„Ich wiederhole sie gern. Haben Sie solchen Menschen geholfen?"

„Sie reiten ja darauf herum", brauste Weikert auf. „Warum nicht, ich habe geholfen."

„Würden Sie auch töten, um Menschen zu helfen?"

Weikert wurde blass. Um seine Mundwinkel legte sich ein bitterer Zug. „Es war kein Zufall, dass wir uns trafen", stellte er fest.

„Nein, das war kein Zufall." Beide schwiegen jetzt. Draußen lief ein Rabbi vorüber. Weikert beobachtete ihn, bis er seinem Blick entschwand.

„Man hat sie alle", sagte Gollan.

„Wen hat man?"

„Die Mitglieder dieser Zellen. Gut, kleine Fische rutschen durchs Netz, aber die Drahtzieher sind gefasst." In diesem Moment eilte der Kellner vorbei und Weikert bestellte zwei Cognac. Er atmete tief durch. „Es ist mir zwar jetzt einerlei, aber ich bin sehr beeindruckt, Herr Kommissar", sagte Weikert lächelnd.

„Oh nein, vermeiden Sie diese Anrede. Ich bin pensioniert."

„Und warum sind Sie dann hier?"

„Weil ich ans Ziel wollte. Sie sind der letzte, Herr Weikert." Gollan ergriff sein Glas. „Stoßen wir an."

„Auf uns", entgegnete der Jüngere. Sie tranken. „Was werden Sie jetzt tun?" fragte Weikert.

„Nichts. Ich reise morgen ab."

„Wie haben Sie' herausbekommen?"

„Das − ist eine zu lange Geschichte, die mich ewig beschäftigt hat; ein Puzzle, nach dessen Teilen wir ständig suchten. Aber nun ist es vorbei."

„Und wie spürten Sie mich auf?"

„Ich war Kriminalist. Trauen Sie unsereinem nichts zu?"

„Einer hat gesungen", vermutete Weikert.

„Nicht nur das. Mörder hinterlassen Spuren. Aber auf Einzelheiten einzugehen, habe ich keine Lust."

188

„Sie wollen absolut nichts unternehmen?" Weikert gab sich den Anschein des Erstaunens.

„Was sollte ich denn tun?" fragte Gollan. „Sie vielleicht verhaften? Normalerweise müsste ich's…"

„Wieso?"

„Rechtfertigen Sie Ihr Handeln in den deutschen Landen!"

„Zugegeben, wir waren eine Gruppe, die etwas verändern wollte. Sehen Sie denn nicht, was dort passiert?"

„Aber Mord?"

„Mord…", sagte Weikert, indem er das Wort besonders betonte. „Ich habe keinen begangen, den ich nicht vor mir selbst verantworten könnte."

„Also haben Sie?" drängte Gollan.

„Ja, ich habe einen Menschen aus persönlichen Motiven getötet. Es musste sein."

„Und bei den anderen haben Sie zugesehn?"

„Wir wollten dieses verdammte System unterminieren!" stieß Weikert hervor.

„Das ist nicht machbar. Wenn das Gros der Bevölkerung mit dem Zustand des Systems einverstanden ist, dann ist am System nichts falsch."

„Oh", sagte Weikert, „das kommt mir doch irgendwie bekannt vor, aus einer lange vergangenen Zeit."

„Sie verwechseln da etwas. Diese alte Zeit war von Angst beherrscht und muss nicht bedeuten, dass man damals mit der Obrigkeit konform ging."

Weikert lehnte sich vor. „Da muss ich Ihnen widersprechen, es war nichts anderes als Anpassung, Opportunismus, Bequemlichkeit und Feigheit, wie heute."

Gollan rieb sich die Nase. „Unter Vorbehalt: Wir haben wohl beide etwas Recht."

„Früher war ich verblendet", sagte Weikert nach einer Pause. „Nach der Wende wollte ich dann einiges richtig stellen. Sie sagen, das war wiederum falsch. Ich bin kein schlechter Mensch, Herr Gollan."

„Aber Sie können nicht mit der Brechstange", wandte dieser ein.

Nach einem Wink Weikerts brachte der Kellner zwei weitere Kaffee und Cognac.

„Sie fragen nicht einmal, ob ein Auslieferungsantrag läuft", stellte Gollan fest.

„Und Sie wissen nichts über meine Geschäfte", konterte Weikert.

„Es läuft einer", plauderte Gollan.

„Ich arbeite für das Simon-Wiesenthal-Center."

„Immer habe ich gegrübelt, warum Sie in diesem Land weilen", sagte Gollan. „Jetzt leuchtet mir das ein."

„Vielleicht mache ich etwas gut. Fakt ist nur, dass ich niemals mehr aus diesem Land weggehe, weder mit Gewalt noch durch Diplomatie. Ich werde hier beschützt."

„Was machen Sie gut?"

„Ich gebe Ihnen einen letzten Bericht, bevor Sie abreisen: - Vor mehreren Jahren starb meine Großmutter mütterlicherseits. Ich habe mich damals mit um die Entsorgung des Nachlasses gekümmert. Vieles wurde fortgeworfen; die Möbel, die nicht mehr zeitgemäß waren, die trotzdem niemand mehr haben wollte, Kommoden, Vertikos, Sessel... Doch einige Sachen behielt ich, weil sie für mich eine Erinnerung bedeuteten: das alte große Radio, eine Keksdose, die Wanduhr, eine Tasse, in der sie immer Pfennige sammelte und zwei Koffer vom Speicher, die

190

noch von meinem Großvater waren, den ich nie kennen lernte, weil der zweite Weltkrieg ihn verschluckte."

„Verschluckte?"

„Ja", sagte Weikert, „eines Tages war er verschwunden, aus der ehelichen Wohnung weg. Meine Mutter hat nie groß darüber gesprochen. Als ich alt genug und verständig war, konnte ich jedoch meiner Großmutter einiges entlocken. Es geschah '44. Großvater war k.v.u., er hatte einen angeborenen Herzfehler. Das Hitlerregime war ihm ohnehin suspekt. Großmutter erzählte, dass er eines Nachts aufgeregt aus einem Lokal heimkehrte. Man hatte ihm vorgeworfen, zu simulieren, um der Front zu entkommen. Er hatte sich vehement gewehrt, doch dabei entschlüpfte ihm eine Bemerkung bezüglich des so genannten Endsiegs.

Ich weiß nun nicht, inwieweit dieser Vorfall mit seinem Verschwinden zu tun hatte. Zwei Wochen vergingen. Als Großmutter aus der Schirmfabrik kam, in der sie arbeitete, war er weg. Die Hausbewohner wussten nichts oder wollten nichts gesehen haben. Denkbar wäre, dass die Gestapo ihn damals abgeholt hat, denn als der Russe näher rückte, wütete diese unter den Zweiflern. Großmutter hörte nichts mehr von ihrem Mann. Er kam nie wieder. Mehr habe ich nicht erfahren. -

In den Koffern, die ich mir dann nach ihrem Ableben aneignete, fand ich noch viele alte Fotos und Dokumente. Doch als ich die alte Goebbelsharfe nach oben trug, erfühlte ich an der Unterseite des Radios etwas Papiernes. Es war ein Brief, den Großvater an seine Frau, an meine Großmutter, geschrieben hatte, noch vor Kriegsende. Aus dem KZ. Dieses Geheimnis hat sie mit ins Grab genommen. Sie konnte einfach nicht davon sprechen. Den Brief hatte sie da unten angeklebt, die ganzen Jahre."

„Was stand drin?" fragte Gollan gespannt.

„Mir ist schleierhaft, wie ein Brief aus einem KZ gelangen konnte. Offenbar hat ihm damals jemand geholfen. Ohne Absender, ganz klar, einfach eine Nachricht, postlagernd. Von Folter und Grausamkeit war die Rede, von trügerischer Hoffnung und Freiheit, in zittriger Schrift. Unten stand aber in Blockbuchstaben ein Name: ERICH BALLRODT. Das alles schien mir sehr rätselhaft. Ich sondierte sämtliche Unterlagen, deren ich habhaft wurde und nutzte Fischbachs Kontakte in die Schweiz..." Weikert machte eine Pause und bestellte wieder Kaffee.

„Ballrodt war offenbar ein KZ-Aufseher", vermutete Gollan.

„Es war *der* KZ-Aufseher. Die Fratze dieses Menschen war sicherlich das letzte, was Großvater sah. Mein Zorn wuchs ins Unermessliche, und das nach 55 Jahren."

„Wie haben Sie's rausbekommen?"

„Ich weiß nicht, ob Ihnen die ‚Stille Hilfe' ein Begriff ist", sagte Weikert.

„Ja, das ist doch dieser Verein, der NS-Täter unterstützt."

„Richtig. Es gab entsprechende Hinweise. Zu dieser Zeit nahm ich zum ersten Mal Verbindung mit Israel auf. Man setzte ohne Zögern einen jüdischen Spezialisten auf den Fall an, um meinen Verdacht zu untersuchen. Er hackte sich in Wiesbaden ein. Er bekam nicht nur heraus, dass Ballrodt in einem Seniorenheim lebte, er stieß auch auf ein ominöses Verzeichnis von anderen Kriegsverbrechern."

„Was geschah dann?" fragte Gollan.

„Die Israelis wollten auch sehen, ob ich mitzog. Ich schickte einen entsprechenden Brief an eine bekannte Zeitung und ließ

192

Ballroth auffliegen. Denn der Steuerzahler blätterte im Prinzip die laufenden Kosten für seinen Unterhalt hin. Ballroth wurde aufgrund des Mediendrucks verhaftet und starb wenig später im Gefängnis. Sie haben nichts davon gehört?"

„Leider nein", erwiderte Gollan. „Heutzutage wird man mit Informationen übersättigt und die Sache, von der Sie sprechen, ist den Machern garantiert nur etwas Kleingedrucktes wert."

„Ja, leider", sagte Weikert.

„Und nun sind Sie hier", stellte Gollan fest.

„Im Center. Eine gute Aufgabe. Es ist dem Mossad gelungen, an diese Datei zu kommen, mit meiner Kenntnis der Örtlichkeiten und einem einfachen Stick. Diese Leute sind gut. Jetzt stellen wir hier in Jerusalem einen neuen Plan auf, geordnet nach Schwere der Taten." Weikert atmete tief durch.

„Und das haben Sie alles, bevor Sie sich absetzten, so nebenbei gemacht?" fragte Gollan.

„Was heißt nebenbei? Es hat lange gedauert. Ich war viel unterwegs."

„Glaub ich", räumte Gollan ein. „Was haben Sie übrigens mit Ihrem alten Wagen gemacht, den Sie bei uns benutzten?"

Weikert sah Gollan an. „Sie wissen es doch. Tun Sie ihr nichts. Sie trägt keine Schuld."

„So einfach ist das nicht. Aber sie kommt vermutlich doch glimpflich davon. Der Staat verblüfft mitunter durch milde Urteile."

„Das wäre ganz in meinem Sinne", sagte Weikert. „Diese Frau hat eine Menge durch."

Beide schwiegen jetzt. Der Regen hatte aufgehört. Weikert faltete nachdenklich an einer Serviette herum.

„Haben Sie Freunde in Deutschland zurückgelassen?" fragte

Gollan. Weikert lächelte bitter. „Wer ist schon ein Freund? - Aber mir fällt tatsächlich jemand ein, der es verdient, so genannt zu werden. Aber glauben Sie nicht, dass ich Ihnen mit Namen rüberkomme."

„Und nun leben Sie hier."

„Ich habe hier viele Freunde. Der Zynismus steht Ihnen übrigens gut, Herr Gollan. Mit Verlaub, fühlen Sie sich nicht als moralischer Sieger!" sagte Weikert. „Was haben Sie denn erreicht als Rädchen im Getriebe?"

„Ein reines Gewissen zu behalten."

„Das reicht mitunter nicht, denn die anderen haben keins und scheren sich einen Dreck um das Ihre. - Hier liegt meine Zukunft. Ich werde eine Familie gründen."

„Na, dann wird es Zeit, mich zu verabschieden", meinte Gollan schließlich und erhob sich. „Sie grollen mir", fügte er hinzu.

„Aber nicht doch." Weikert tat es ihm nach und legte die Zeche auf die Tischplatte. „Es war eine Schachpartie, und der Punkt geht womöglich an Sie."

„Bevor ich gehe", sagte der Ältere, „muss ich Sie noch fragen, ob es reicht, was Sie tun, um das Geschehene gutzumachen?"

Weikert sah Gollan lange an und ließ dann seinen Blick über die Gäste gleiten. Seine Augen wirkten müde. „Ich bin nicht mehr in meiner Heimat", sagte er. „Das wollten Sie doch hören. Jeder büßt auf seine Weise. – Schalom." Weikert gab dem Pensionär brüsk die Hand und wendete sich ab.

„Schalom", entgegnete Gollan.

Die Sonne brach durch die Wolkendecke. Er sah dem Mann mit dem rötlichen Haar nach, bis er in der Menge der unbeteiligten jüdischen Bürger verschwand.

Neulich traf ich Saskia in der Innenstadt. Wir unterhielten uns kurz über die Sache mit den Rathäusern. Sie war froh, dass damals durch eine anonyme Warnung alles gut ausging. Mittlerweile hatte sie einer Tochter das Leben geschenkt. Ich lächelte und wünschte ihr Glück.

Die Kronach wohnt nicht mehr am Platz. Das Klingelschild ist entfernt worden, wie ich bemerkte.

Ich verfolge außerdem in letzter Zeit wieder interessiert die Literaturszene. Remo Keller hatte ein Buch geschrieben, das sich als Flop erwies. Es handelte allerdings diesmal von einem Obdachlosen, der sich mühsam durchs Leben schlägt. Offenbar juckte der Inhalt des Werkes niemanden.

Frau Boysen besuche ich ab und an. Wir schwelgen in Erinnerungen an die Schulzeit und tauchen in die Tiefen der Weltliteratur, denn jetzt erst, stellten wir fest, können solche Dinge ernsthaft betrachtet und erörtert werden.

Was mich sonst betrifft, ist schnell gesagt. Die Sache mit der Anthologie zog sich zunehmend in die Länge. Ich überarbeitete alles neu und wandte mich schließlich mit meinen Kurzgeschichten an einen Verlag, der mir empfahl, mich an den Druckkosten zu beteiligen. Man wolle kein Risiko eingehen. Ich besprach mich mit Stella, und sie riet mir, abzuwarten, bis sich neue Chancen ergäben, wie immer sie das auch meinte. Sie hat wie ich noch Geld von früher, mit dem wir aber haushalten; sie verkauft weiterhin Zeitungen, und ich vermarkte mich zurzeit in einer Leiharbeitsfirma, welche diverse Bauteile kontrolliert.

Manchmal fahre ich mit dem Fahrrad am brachliegenden Gelände vorbei, auf dem einstmals diese Villa stand, und ich vermisse diese hohen Binsen und die pittoreske Ansicht. Der

Weiher ist nicht mehr vorhanden und den Holzschuppen hat man ebenfalls abgerissen. Wer die Gnade walten ließ, den verwilderten Fußballplatz zu belassen, ist mir unbekannt geblieben.

Ich denke oft an Rainer. Vergangen ist die Zeit, in der wir uns ehrlich mochten. Früher, als wir Kinder waren, standen die Uhren still, und warm war das Wasser der Pfützen. Und immer lockte ein paar Meter weiter Niemandsland. Jetzt sind die Räume eng geworden. Ich habe nie wieder etwas von Rainer gehört.

Nachwort

Nach der Wende blieben viele Gruppierungen der Staatssicherheit angeblich noch bestehen, so genannte Kameradschaftszirkel. In trauter Runde dachte man nicht nur an die guten alten Zeiten zurück, sondern plante einen geheimen organisierten Feldzug der Rache. Im Untergrund agierten mutmaßliche Seilschaften und riefen den Verfassungsschutz auf den Plan.

Doch die Älteren sahen bald ein, dass man das System mit Terror nicht aus den Angeln heben kann, und die Jüngeren passten sich nach und nach an. Nichtsdestotrotz haben sich die Kollegen viele Jahre gegenseitig unterstützt.

Die Sicherheit im Staat ist mittlerweile längst stabilisiert.

Ob es Vorfälle der Art gab, die dieses Buch schildert, steht in den Sternen. Andererseits gerät nicht alles an die Öffentlichkeit. Die Möglichkeit hätte immerhin bestanden.

Diese Erzählung ist rein fiktiv.

Der Autor